The Tribe™

Schöne neue Welt

Ralph Sander

Band 1

Dino

Die Deutsche Bibliothek – CIP-Einheitsaufnahme

Ein Titeldatensatz für diese Publikation ist bei der
Deutschen Bibliothek erhältlich.

The Tribe, Bd. 1

*Dieses Buch wurde auf chlorfreiem,
umweltfreundlich hergestelltem Papier gedruckt.*

Nach einer Idee von Raymond Thompson,
Executive Producer.

Cheflektorat: Petra-Marion Niethammer
Redaktion: Silke Schlegel
Umschlaggestaltung: TAB Werbung, Stuttgart
Satz: Greiner & Reichel, Köln
Druck: GGP Media, Pößneck
ISBN: 3-89748-597-4

Neue Freunde, alte Freunde

„Das hat er wirklich vorgeschlagen?" Ebony schüttelt ungläubig und etwas übertrieben dramatisch den Kopf. Ihre langen blonden Rastazöpfe wirbeln dabei quer durch die Luft.

Zoot hält den Blick starr auf den dreckverspritzten Polizeiwagen gerichtet, hinter dem die Sonne blutrot untergeht.

‚Wieder ein Tag überlebt', denkt er und unterdrückt einen Seufzer. Er will, nein, er kann es sich nicht erlauben, irgendein Zeichen von Schwäche zu zeigen. Er ist schließlich der Anführer der Locos! Am liebsten würde er sich in irgendeine Ecke verkriechen und die Welt wenigstens für ein paar Stunden vergessen, aber es geht nicht.

Ebony würde die Gelegenheit sicher nutzen und gegen ihn arbeiten. Das kann er auf keinen Fall zulassen, auch wenn er manchmal einfach nicht mehr weiter machen will.

Am Anfang hat ihm seine Rolle noch Spaß gemacht. Inzwischen fühlt er jedoch immer wieder, dass ihm die Verantwortung zu viel wird. Alle erkennen ihn als Anführer an – bis auf Ebony. Sie scheint ihn zwar zu vergöttern, aber das heißt nicht, dass sie sich ihm vollkommen unterwerfen will. Ihr Verhalten zwingt ihn dazu, manchmal noch härter zu sein, als es ihm lieb ist. Er will nicht, dass die anderen den Eindruck bekommen, Ebony sei die treibende Kraft und kontrolliere ihn.

„Ja. Lex will mit ein paar …, ein paar Freunden zu uns kommen", antwortet er nach einer Weile. Er bemüht sich, bei seiner Antwort ein wenig gelangweilt und kalt auszusehen – so wie ein Feldherr, der eine neue Herausforderung sucht.

„Ich weiß nicht, aber die Begriffe ‚Lex' und ‚Freunde' passen irgendwie nicht zusammen", meint Ebony und zieht einen kleinen Spiegel aus der Jackentasche, um zu sehen, ob ihre Stammesbemalung noch gut aussieht.

„Stimmt", sagt Zoot. Dann steht er auf und geht langsam hinüber zum Polizeiwagen. Er schiebt die Polizeimütze nach hinten ins Genick, streicht sich die langen Haare über die Schultern und blickt in die Ferne. Seine Gedanken schweifen wieder ab.

Warum Lex? Warum kann es nicht Trudy sein, die zu ihm kommen will? Oder sogar Bray? Nein, es ist bestimmt besser, wenn Bray nicht hier ist. Ihn kann er jetzt von allen Menschen auf dieser Welt am wenigsten gebrauchen …

„Und?", reißt Ebony ihn aus seinen Überlegungen.

„Was und?"

„Hast du etwa vor, ihn aufzunehmen?"

Er muss wieder an Trudy denken. Wenn Lex Trudy mitbringt, wenn er sich durch sie in die Gang einkaufen will, dann wird es für Zoot schwierig werden, ihn abzuweisen. Seine Nackenhaare stellen sich auf. Er spürt Ebonys erwartungsvollen Blick.

‚Du bist hier der Boss', ermahnt ihn seine innere Stimme. ‚Also sag endlich, was Sache ist!' Auf seinem nachdenklichen Gesicht taucht ein spöttisches Lächeln auf.

„Sehe ich vielleicht so aus?"

„Das heißt, wir treffen uns morgen mit ihm, nehmen ihn aus und schicken ihn dann zum Teufel?", fragt Ebony ungeduldig.

„In der Art, ja", gibt Zoot knapp zurück.

‚Und was ist morgen?' Morgen wird nur ein weiterer Tag sein, an dem er als Anführer der Locos Stärke beweisen muss, ein weiterer Tag, an dem er seine Gefühle unterdrücken muss – vor allem den Wunsch, dass alles wieder so sein könnte wie vor der Katastrophe. Für eine Weile war es ja ganz lustig gewesen, sich nicht mehr anhören zu müssen, was die Eltern einem zu sagen hatten. Keine Verbote, keine Ermahnungen! Aber inzwischen ist der Spaß vorbei. Der ‚Ernst des Lebens', von dem seine Eltern immer gesprochen hatten, ist viel zu früh in sein Leben getreten.

Ebony sitzt auf dem Treppenabsatz und beobachtet Zoots Gesicht gründlich. Bildet sie sich das nur ein, oder hat er sich verändert? Es kommt ihr so vor, als bedrücke ihn etwas. Aber ganz gleich, was es sein mag, er wird es ihr bestimmt nicht sagen. Sie weiß, dass er in seiner Position Stärke zeigen will und muss. Ihr Blick wandert zu dem Berg brennender Bücher. Auf einmal fühlt sie sich so frei! Bücher hat sie noch nie gemocht, erst recht keine Schulbücher. Bücher waren und sind reine Zeitverschwendung. Welch Genugtuung, sie jetzt in Rauch aufgehen zu sehen! Ebony lächelt zufrieden.

Ausgebrannte und demolierte Autowracks säumen die Straßenränder in der Stadt. Müll hat sich in den Hauseingängen angesammelt, alte Zeitungen werden vom Wind durch die Straßen getrieben. Die meisten Hauswände und Schaufenster sind fast ausnahmslos mit kunterbunten Graffiti übersät: Coole Sprüche – trostlose Bilder von verzerrten Gesichtern …

Die schrille Sirene des verbeulten Polizeiwagens gellt durch die Straßen. Die Locos machen sich einen Spaß daraus, mit dem alten Auto durch die Stadt zu fahren. Das auf-

und abschwellende Heulen hat längst seine eigentliche Funktion verloren, der Polizei Platz zu machen. Vielmehr verkündet es jetzt, dass sich eine Gefahr nähert, die den Namen Loco trägt.

Zoot steht auf der Rückbank, sein Oberkörper ragt über das Wagendach hinaus, in das seine Leute vor Tagen ein großes Loch geschnitten haben. Wie ein Römer auf seinem Streitwagen blickt er arrogant auf die flüchtenden Kinder und Jugendlichen herab. Er genießt das Gefühl, dass andere vor ihm Angst haben und die Flucht ergreifen. Seine Bedenken und Ängste vom Vortag scheinen verflogen zu sein.

„Jetzt links", schreit Zoot den Jungen am Steuer an.

Zoot kippt nach rechts und stößt beinahe mit Ebony zusammen. Er kann sich gerade noch an der Dachkante festhalten.

„Idiot! Wann lernst du endlich mal, anständig Auto zu fahren?", zischt er den Fahrer an.

„Gut, dass wir noch nicht in Sichtweite sind", murmelt Ebony. „So hätten wir keine gute Figur gemacht!"

Zoot schnaubt wütend und zeigt auf die nächste Kreuzung, die noch ein Stück entfernt ist. „Da sind sie!"

Ebony kneift die Augen zusammen, um die Gruppe genau zu erkennen.

„Die sind ja zu viert."

„Anhalten!", befiehlt Zoot im gleichen Moment.

„Was ist?", kommt eine Stimme aus dem Wageninneren.

„Ich weiß nicht", sagt Zoot leise, „aber es könnte sein, dass wir in eine Falle gelockt werden."

Um nicht den Eindruck zu erwecken, sie hätten Angst, sehen sich die Locos trotzig um – als wollten sie jeden herausfordern, sich ihnen zu zeigen. Alles ist ruhig, nirgendwo regt sich etwas.

„Sieht nicht so aus“, meint Ebony schließlich und dreht sich um.

Zoot nickt und schubst den Fahrer an, damit der den Wagen wieder in Bewegung setzt. Sie nähern sich langsam der Gruppe. Kurz vor ihr bleiben sie stehen. Zoot, Ebony und die anderen steigen aus dem Wagen und gehen ihren Gegnern entgegen.

„Zoot! Ich dachte schon, du kommst nicht“, ruft Lex in einem Tonfall, als würde er sich mit einem guten Bekannten unterhalten. „Ich denk mal, Pünktlichkeit ist nicht dein Ding, hm?“

Zoot erwidert nichts, sondern sieht Lex nur abwartend an. Seine Miene, seine ganze Haltung haben etwas Bedrohliches. Ebony nimmt beruhigt zur Kenntnis, dass Zoot wieder ganz der Alte ist. Von dem seltsam nachdenklichen Jungen vom Vorabend ist nichts mehr zu spüren.

„Tja, meins auch nicht“, redet Lex weiter. Er klingt aber mit einem Mal eher so, als würde er nur reden, um Zoot nicht auf irgendwelche Ideen zu bringen. „Zeit ist out, total veraltet. Jetzt machen wir die Regeln, stimmt's?“

„Und wer sind deine ... Freunde, die du hier mitgebracht hast?“, will Zoot wissen.

„Oh, entschuldige, ich hätte sie dir vorstellen sollen“, sagt Lex hastig. „Das sind Zandra, Ryan und Glenn. Sie möchten ebenfalls zu euch. Ich hoffe, das ist kein Problem für dich?“

Auf den ersten Blick hätte man die Gruppe kaum von den Locos unterscheiden können. Lex trägt sein glattes schwarzes Haar schulterlang. Er ist nicht nur sehr muskulös, sondern wirkt auch gut durchtrainiert. Ryan und Glenn bilden einen deutlichen Gegensatz zu Lex. Beide sind etwas stämmiger als ihr Freund. Es ist offensichtlich, dass sie sich Lex angeschlossen und damit praktisch unterworfen haben, da er die Qualitäten besitzt, die ihnen fehlen.

Ryan und Glenn unterscheiden sich sehr stark voneinander. Glenn lässt sein mittelblondes, leicht krauses Haar bis über die Schultern fallen, während Ryan seine dunkelblonden Haare gleichmäßig auf wenige Millimeter gestutzt hat. Zandra, das einzige Mädchen in der Gruppe, fällt durch ihre natürliche Schönheit auf – noch mehr aber durch ihre Frisur. Ein Mittelscheitel trennt ihr rot gefärbtes Haar von ihrem blau gefärbten.

„Was ist in deiner Tasche?“, fragt Zoot, ohne auf das einzugehen, was Lex gesagt hat.

„Stell dir vor, das wollte ich dir gerade erzählen!“, antwortet dieser. „Walkie-Talkies, CD-Player, Batterien, alles Mögliche. Ich kann noch mehr davon beschaffen. Habe so meine Kontakte.“

„Auch was zu essen?“

Lex reagiert schulterzuckend. „Wir haben gerade genug für uns ...“, beginnt er, aber Zoot fällt ihm ins Wort. „Los, her damit!“

Lex hält ihm die Tasche geöffnet unter die Nase. Zoot verzieht das Gesicht, als er den Inhalt begutachtet.

„Warum wollt ihr zu den Locos gehören?“, fragt er schließlich.

Lex sieht ihn nervös an. ‚Jetzt brauche ich eine gute Antwort, eine verdammt gute sogar‘, schießt es ihm durch den Kopf.

„Na ja, ihr habt die besten Outfits von allen Gangs!“, erklärt er etwas verlegen. „Ihr reißt es echt raus, ihr seid wirklich ...“

Ebony legt den Kopf schräg und lächelt Lex an: „Was denn? Was sind wir wirklich?“

Lex macht eine ausladende Geste, so als würde er nach dem richtigen Wort suchen, um seine Gefühle zu beschreiben. Er sucht wirklich nach dem richtigen Wort, allerdings nach einem, mit dem er den Kopf aus der Schlinge ziehen kann.

„Ihr seid wirklich …", fängt Lex wieder an.

In dem Moment wandert Zandras Blick über einige Graffiti an der gegenüberliegenden Hauswand. „Locos sind skandalös", steht da schwungvoll geschrieben.

„… skandalös", wirft sie im gleichen Moment ein, ohne auch nur eine Sekunde lang darüber nachzudenken, was sie da eigentlich sagt.

Zoot erwidert ein knappes „Wir sind was?", ehe er lauthals in ein wieherndes Lachen verfällt. Die anderen Locos fallen in sein schallendes Gelächter ein, bis einer von ihnen merkt, dass Lex und die anderen sich immer mehr zurückziehen.

„Die Schweine wollen abhauen", schreit einer der Locos.

„Die kriegen wir", kreischt ein anderer.

„Los, hinterher!", tönt ein Dritter.

Zoot ist sofort wieder ernst. „Na los, schnappt sie euch!", brüllt er aufgebracht.

Er würde es sich nicht gefallen lassen, dass jemand versucht, ihn zum Narren zu halten. Er ist immer noch der Anführer der Locos und das soll Lex richtig zu spüren bekommen.

Während Lex und die anderen die Flucht antreten, ist etliche Häuserblocks weiter eine dreiköpfige Gruppe unterwegs. Die Größte und Älteste dieser Clique ist Amber, ein schlankes und für seine gerade mal vierzehn Jahre hochgeschossenes Mädchen. Eigentlich hätte man sich als Erstes von ihren eindringlichen, großen Augen fesseln lassen müssen, aber was an Amber zuerst auffällt, das ist ihre ungewöhnliche Frisur. Über den ganzen Kopf verteilt hat sie ihre Haare zu mindestens einem Dutzend kurzer, dicker Zöpfe geflochten. Sie sind hellblond gefärbt, während der Haaransatz dunkelblond ist.

Dal, der neben ihr geht, ist ein Jahr jünger, aber mindestens einen Kopf kleiner. Er hat eine leicht bräunliche Haut und volles, fast schwarzes Haar. Beides deutet darauf hin, dass seine Vorfahren irgendwo aus dem Großraum Indien ins Land gekommen sein müssen.

Seit Stunden laufen Amber und Dal jetzt schon durch die Straßen. Eigentlich haben sie die Stadt verlassen wollen, um aufs Land zu gehen. Aber dann sind sie auf die kleine Cloe aufmerksam geworden, die einsam umhergeirrt ist und um ein Haar den Locos in die Fänge geraten wäre.

„Und was sollen wir jetzt mit ihr machen?", fragt Dal, nachdem der Polizeiwagen außer Sichtweite ist und sie die durchdringende Sirene nur noch in weiter Ferne hören.

Amber beobachtet die kleine Cloe, die mittlerweile wieder aufgesprungen ist und unbekümmert mitten auf der Straße herumspaziert. Ihr hübsches Gesicht verschwindet bei den schwungvollen Bewegungen fast völlig in ihrem dicken Lockenschopf.

„Du musst schon ohne mich gehen", meint Amber nachdenklich. „Ich kann sie nicht im Stich lassen!"

Dal verzieht den Mund: „Das ist mir schon klar, aber wir bleiben auf jeden Fall zusammen!"

Sie reagiert mit einem flüchtigen Lächeln und legt vorsichtig eine Hand auf seine Schulter. „Glaubst du wirklich, dass es uns auf dem Land besser geht?"

„Schlimmer kann's nicht sein, oder?"

Sie nickt langsam: „Wo sollen wir uns da verstecken?“

„Amber, das haben wir doch alles schon mal besprochen. Da müssen wir uns vor keinem verstecken! Hör zu, ich will einfach einen Platz haben, wo ich zu Hause bin und wo ich Gemüse anbauen kann. Ich will nicht mehr nach Essensresten suchen müssen wie eine ... eine Kanalratte!“

Ambers Blick wandert in die Ferne. „Ein schöner Traum. Ein zu schöner Traum.“

„Das ist nicht bloß ein Traum!“ Dal blickt Amber durchdringend an. „Amber, guck dich mal um. Hier gibt's für uns keine Zukunft! Die Gangs haben die Stadt ..., sollen die von dem Dosenfraß leben!“

Amber schüttelt den Kopf. „Und wenn das Dosenfutter ausgeht? Hast du daran schon mal gedacht? Glaubst du, die hätten Angst, woanders nach Essen zu suchen?“

Dal atmet tief durch. „Das glaub ich einfach nicht“, sagt er leise. „Du lässt mich also im Stich?“

„Nein, Dal, ich ... ich weiß nicht. Es kommt mir vor, als würde ich weglaufen! Ich weiß, dass wir nichts tun können, wir können die Gangs nicht aufhalten. Ich find's schrecklich, dass sie damit durchkommen! Aber ich bin hier aufgewachsen! Und du genauso.“

„Was willst du damit sagen? Ich verstehe dich nicht.“

„Dal, es kann sein, dass du es schaffst, das hier einfach hinter dir zu lassen“, versucht sie, ihm klarzumachen. „Für mich ist das aber nicht so leicht! Vielleicht bin ich ja nur sentimental, ich weiß es nicht. Ich ...“ Sie bricht mitten im Satz ab. „Moment, wo ist Cloe? Oh, nein, wir haben sie verloren!“

Die Diskussion ist im gleichen Augenblick vergessen, jetzt zählt nur noch Cloe. Dal läuft als Erster auf die Stelle zu, an der sie beide sie zuletzt gesehen haben. Als er sich nach Amber umdreht, sucht sie gerade die Autowracks ab. Er geht weiter – ganz vorsichtig. Da, war da nicht ...?

„Keine Panik, Amber! Sieh dir das an!"

Amber hastet zu Dal. „Ein Spielplatz!"

Von hohen Gebäuden umgeben liegt ein Spielplatz vor ihnen, der aus ihrer Richtung nicht sofort zu erkennen ist. Cloe spielt dort mit einem anderen Mädchen und einem Jungen. Beide schaukeln, ein älteres Mädchen sitzt auf einer Bank und beobachtet die Kinder. Ein Hund, ein Golden Retriever springt den Spielenden fröhlich um die Beine. Die Kleinen sind erkennbar Bruder und Schwester. Ihre Gesichtszüge sind einfach zu ähnlich. Offenbar haben sie etwa das gleiche Alter wie Cloe. Das Mädchen auf der Bank ist deutlich älter, ungefähr so alt wie Amber, auch wenn der traurige Ausdruck viel besser zu einer erwachsenen, leiderfahrenen Frau gepasst hätte. Ihre langen Haare, die auf den ersten Blick rot aussehen, sich tatsächlich aber irgendwo zwischen Pink und Lila bewegen, hat sie zu einem wallenden Pferdeschwanz zusammengebunden.

„Das ist ...", beginnt Dal, findet aber nicht die richtigen Worte.

„... wie ein Traum", ergänzt Amber und betrachtet die Szene mit einem Gefühl der Sehnsucht. Diese spielenden Kinder strahlen eine solche Unschuld und Sorglosigkeit aus, als sei die Katastrophe nichts weiter als ein schlechter Traum gewesen.

„Hallo?", ruft Dal dem Mädchen auf der Bank zu, bekommt aber keine Antwort. Sie gehen zu ihr und Amber fragt: „Ist mit dir alles in Ordnung?"

Das Mädchen starrt auf einen weit entfernten Punkt. Es scheint, als müssen sich Ambers Worte erst einen Weg bahnen, um von ihr wahrgenommen zu werden. Gut eine halbe Minute später hebt die Rothaarige fragend ihr Gesicht.

„Wo kommt ihr her? Zu welcher Gang gehört ihr?"

„Wir gehören zu keiner Gang. Wir haben Cloe ein paar Straßen weiter gefunden. Du scheinst sie offensichtlich zu kennen. Wir haben uns noch nicht vorgestellt." Amber streckt ihre Hand aus. „Ich heiße Amber, das ist Dal."

Ohne die Geste Ambers anzunehmen, sagt das fremde Mädchen wie in Trance: „Salene."

Dal bemerkt den besorgten Ausdruck auf Ambers Gesicht. Ganz gleich, was er macht, heute wird er sie auf keinen Fall mehr aus der Stadt herausbringen können. ‚Vielleicht morgen', überlegt er und zuckt unmerklich mit den Schultern.

„Ich seh mich mal um, vielleicht finde ich ein Versteck für heute Nacht."

„Okay, Dal, ich verteile das Essen", meint Amber. Sie greift nach ihrem Rucksack, um ihre wertvollen Vorräte auszupacken.

Der Verrat

Lex biegt als Erster in die Seitenstraße ein und sieht auch als Erster den Holzzaun, der aus der Straße eine Sackgasse macht.

„Verdammt!“, ruft Ryan, als er entdeckt, dass sie in eine Falle geraten sind. „Wir müssen zurück!“

„Zu spät“, meint Zandra außer Atem. „Sie sind schon da.“

Ein kurzer Blick über die Schulter, und im gleichen Moment ist Lex und Ryan klar, dass sie weitermüssen. Zoot und zwei seiner Leute sind ihnen dicht auf den Fersen.

„Los“, fordert Lex die Gruppe auf, „weiter!“ Er wartet, bis Glenn zu ihnen aufgeschlossen hat, ehe er selbst weiterrennt.

Als sie das Ende der Straße erreichen, ist ihre Situation mit einem Mal nicht mehr so aussichtslos. Ein Stapel Holzkisten bildet eine behelfsmäßige Leiter, die weit genug nach oben reicht, damit sie den Zaun überwinden können.

„Los, da rauf!“, keucht Ryan und stützt Zandra, damit sie als Erste in Sicherheit ist. Er sieht zu Lex und Glenn, die beide dicht hinter ihm sind. Lex fordert ihn auf loszuklettern, dann folgt er selbst.

Als Glenn auf die unterste Kiste steigt, dreht sich Lex plötzlich um und tritt so heftig gegen den Stapel, dass der zu wanken beginnt und zusammenstürzt. Glenn muss sich mit einem Satz nach hinten in Sicherheit bringen – genau in die Arme der Locos.

„Lex, was soll der Scheiß?“, ruft Glenn aufgebracht.

„Viel Glück, mein Freund“, antwortet Lex nur und springt vom Zaun auf die andere Seite, während Glenn von den Locos eingekreist wird.

Als nach einiger Zeit wieder Ruhe eingekehrt ist, verlassen Lex, Zandra und Ryan vorsichtig das Autowrack, in dem sie vor den Locos Schutz gesucht haben. Zandra schnieft leise.

„Wie oft soll ich es dir noch vorbeten? Das mit Glenn tut mir Leid. Ich konnte ihm nicht helfen“, beteuert Lex, sieht Zandra dabei aber nicht in die Augen. „Jetzt hör schon auf zu flennen! Man könnte ja meinen, du bist in den Typ verknallt.“

Zandra wirft ihm einen giftigen Blick zu.

„Er wollte doch zu den Locos!“, meint Lex. „Sein Wunsch ist in Erfüllung gegangen. Weißt du, was ich glaube? Er hat sich für uns geopfert, freiwillig, um uns zu retten!“ Er macht eine kurze Pause. „Das geht mir nicht mehr aus dem Kopf!“

„Sollte es aber“, bemerkt Ryan und zieht Lex unsanft am Ärmel.

„Was?“

Sie haben den Spielplatz erreicht, und Ryan deutet auf die Fremden. Lex stoppt, während Zandra noch immer in Gedanken bei Glenn ist und die ungebetenen Gäste überhaupt nicht wahrnimmt.

„Kennst du die?“, fragt Lex sie.

„Hm?“ Sie sieht ihn irritiert an, dann folgt ihr Blick der Richtung, in die er deutet. Sie kneift die Augen ein wenig zusammen und schüttelt entschieden den Kopf.

„Noch nie gesehen.“

„Na, dann wollen wir doch mal für Ordnung in dieser

Stadt sorgen", erklärt Lex theatralisch und stapft wütend auf die Gruppe am Spielplatz zu.

„Ja, verteil mal schön das Essen", hört Amber plötzlich eine Stimme hinter sich. Sie fährt erschrocken herum und sieht die fragenden und gleichzeitig kalten Blicke von Lex, Zandra und Ryan.

„Schön her mit dem Futter. Na, los, her damit!"

„Was?", fragt Amber genervt.

„Verstehst du nicht? Ich kontrolliere diesen Sektor, und ihr ..." Lex lässt seinen Blick kurz über alle Anwesenden wandern. „... Ihr seid hier eingedrungen. Aber ihr habt Glück, ich hab heute meinen großzügigen Tag. Ich schlage vor, du gibst mir die Tasche, und wir vergessen die Sache." Hoch erhobenen Hauptes steht Lex dem hübschen Mädchen gegenüber und grinst es anzüglich an.

Amber hält seinem arroganten Blick stand. Vielleicht macht sie sich etwas vor, aber sie könnte schwören, dass dieser widerliche Typ einen Moment lang nervös ausgesehen hat. Er ist offensichtlich daran gewöhnt, dass jeder macht, was er will. Aber das ist jetzt nicht der Fall!

„Und versuch nicht wegzulaufen", fährt Lex in seiner herablassenden Art fort. „Du schaffst es vielleicht, aber die Zwerge nicht."

„Bist du nicht schon zu alt, um Herrscher über einen Spielplatz zu sein?", meint Amber und blinzelt ironisch zurück.

„Was fällt dir ein, so mit mir zu reden?", zischt Lex aufbrausend.

„Wieso?", fragt Amber. „Wer bist du denn? Zu welcher Gang gehörst du überhaupt?"

„Willst du etwa behaupten, du kennst uns nicht?" Lex

wird allmählich wütend. Irgendetwas an der Art seines Gegenübers reizt ihn bis aufs Blut.

„Ich bin ...", setzt er an, wird aber augenblicklich unterbrochen.

„Locos!", schreit Ryan, der sich umgedreht hat, um die Lage zu peilen.

Tatsächlich! Zoot und seine Leute sind ihnen gefolgt.

„Rennt!", ruft Lex entsetzt und stürmt quer über den Spielplatz in die angrenzende Straße, dicht gefolgt von Ryan und Zandra.

Amber stellt sich schützend vor die Kinder, doch die Locos interessieren sich anscheinend nur für Lex und seine Leute. Die Kinder und Amber haben sie bei der Verfolgung von Lex, Ryan und Zandra ebenso wenig zur Kenntnis genommen wie Dal. Er kommt gerade um die Ecke und macht erschrocken einen Satz zur Seite, damit er nicht von Zoot und seinen Kumpanen umgerannt wird.

„Was ist denn hier los?", fragt er Amber, die noch immer wie angewurzelt dasteht.

„Ich ... ich weiß nicht so recht, Dal. Ich weiß nicht mal, ob ich es wissen will. Dieser Machotyp muss sich wohl mit den Locos angelegt haben, sonst hätten sie uns alle nicht links liegen lassen."

„Egal. Hauptsache, sie sind weg. Ich habe übrigens was entdeckt."

„Eine Unterkunft?"

Dal nickt und dreht sich zu Salene und den Kindern. „Kommt mit, ich glaube, wir haben etwas, wo wir die Nacht in Sicherheit verbringen können."

Salene steht langsam auf, Cloe und die beiden anderen laufen zu ihr, dicht dahinter der Golden Retriever. Sie verlassen den Spielplatz und folgen Dal, geradewegs in die Richtung, in die Lex mit seinen Leuten und die Locos verschwunden sind. Es ist nichts mehr von ihnen zu sehen, aber ihr Kampfgeschrei schallt durch die breite Straße. Nach vielleicht dreißig Metern haben sie eine Einfahrt erreicht, die in eine düstere Tiefgarage führt.

„Ist es das?", fragt Amber kurz. Noch bevor Dal nickt, schleicht sie die Rampe hinunter.

„Was ist da unten?", will Cloe wissen. „Da ist es so dunkel." Ungeduldig zappelt sie hin und her.

„Ein Parkhaus", erwidert Dal. „Es ist nicht ganz so dunkel, wie es aussieht. Durch ein paar Lüftungsschächte fällt etwas Licht in die Tiefgarage." Er folgt Amber ins Parkhaus.

Salene folgt ihm mit den beiden anderen Kindern an der Hand. Cloe bleibt noch einen Moment lang stehen, aber als auch den Hund nichts mehr zurückhält, will sie nicht allein zurückbleiben.

„Wozu gehört dieses Parkhaus?", überlegt Amber laut.

„Na, zur Mall! Zum Einkaufszentrum", antwortet Dal. Sie haben das erste Parkdeck erreicht. „Da vorne muss irgendwo ein Ausgang sein."

Ringsum stehen demolierte Fahrzeuge, die man vor langer Zeit hier abgestellt, aber nicht mehr abgeholt hat. Eine dicke Staubschicht liegt auf den Wagen, und der Wind hat alte Zeitungen und anderen Abfall durch die Einfahrt nach unten geweht.

„Ich hoffe, du hast Recht", erwidert Amber und geht langsam weiter, immer darauf gefasst, dass aus dem Halbdunkel jemand auftaucht, der dieses Reich bereits für sich beansprucht hat und sie im günstigsten Fall wegschickt. Im schlimmsten Fall aber …, nein, sie will das lieber nicht bis zu Ende denken.

Lex' Herz rast noch immer von der Anstrengung. Er atmet kurz und heftig, während er sich gegen die Hauswand lehnt. Ryans Gesicht ist rot angelaufen. Er hat sich einfach auf den Fußweg fallen lassen, während Zandra nach Luft ringend vornüber gebeugt dasteht, die Hände auf die Knie gestützt.

„Das war echt knapp", sagt Ryan, als er sich erholt hat.

„Ich hätte nicht gedacht, dass ich mal froh sein würde, den Demon Dogs in die Arme zu laufen", meint Lex sarkastisch. „Nur gut, dass sie die Locos interessanter fanden als uns."

„Wo sind wir eigentlich?" Zandra sieht sich neugierig um.

„Ich glaube, wir sind im Kreis gelaufen", sagt Lex. „Da vorne müsste der Spielplatz sein. Ha! Das erinnert mich daran, dass ich noch eine offene Rechnung habe."

„Lex, wir müssen rüber zu Sektor zwölf, solange es noch hell ist", erinnert ihn Ryan. „Du weißt, dass wir in der Dunkelheit …"

„Ja, ja, ich weiß", fährt Lex Ryan an, als sein Blick auf eine breite Toreinfahrt fällt. Die hat er zuvor in der Eile nicht bemerkt.

„Kommt!" Er legt seinen Zeigefinger an die Lippen und flüstert: „Da rein."

„Was sollen wir denn in einem Parkhaus?", fragt Zandra verständnislos. „Da unten sitzen wir doch in der Falle."

„Nicht unbedingt", erwidert Lex zischend. „Zoot würde bestimmt genauso denken, also wird er uns sicher nicht in einer Tiefgarage suchen, in der er im Nachteil ist. Selbst wenn uns einer von denen beobachtet, wie wir hier verschwinden – sie werden uns nicht folgen, sondern lieber darauf warten, dass wir hier wieder zum Vorschein kommen. In der Zwischenzeit können wir durch den Vorderausgang rausmarschieren."

Ryan sieht ihn verblüfft an. „Woher willst du wissen, dass es überhaupt einen Vorderausgang gibt?"

Lex grinst breit. „Ich würde sagen, das hat mir ein kleines Tier erzählt", erwidert er und hebt den Teddy auf, der in der Abfahrt liegt. „Dieses Kerlchen sieht haargenau so aus wie das Plüschtier, das eines der Kinder auf dem Spielplatz dabei hatte. Das kann kein Zufall sein."

Geborgen?

Es dauert eine Zeit lang, ehe sie die Tür entdecken, die aus der Tiefgarage herausführt. Im Treppenhaus herrscht völlige Dunkelheit, und lange Zeit wissen sie nicht, wohin sie ihr Weg überhaupt führen wird. Schließlich sind sie zu einer weiteren Tür gelangt und – wie es scheint – an ihrem Ziel angekommen: in einer großen Shopping Mall!

Die Mall hat, wie alles in der Stadt, schon bessere Zeiten erlebt. Durch das Glasdach fällt so viel Licht, dass es den Kindern vorkommt, als würde die künstliche Beleuchtung hier immer noch funktionieren, obwohl es auch hier längst keinen Strom mehr gibt.

Das Einkaufszentrum erstreckt sich über ein Erdgeschoss und ein erstes Stockwerk, das rund um einen ausladenden Lichthof verläuft. Ein Geschäft liegt neben dem Anderen. Bei ihrem Anblick wird deutlich, dass die Katastrophe an der Mall nicht spurlos vorübergegangen ist. Die meisten Geschäfte sind leer, vermutlich geplündert. Nur die Plakate in den Fenstern, die Sonderangebote verkünden, zeugen von dem Leben, das man hier einmal hat antreffen können.

Die Überreste eines Buchladens, eines Juweliers … An einer Ecke sind früher CDs verkauft worden, in einer anderen befinden sich die Überreste eines Imbissstandes. Bekleidungsgeschäfte sind ebenso leer geräumt wie eine Fernseh- und Radiohandlung.

In der Mitte des Lichthofs steht ein eleganter Brunnen aus Marmor, der zwar immer noch beeindruckend wirkt, aber schon lange kein Wasser mehr enthält. Trotz ihrer Größe hat die Mall etwas Angenehmes an sich, fast schon etwas Gemütliches. Hier drinnen ist man vor Wind und Wetter geschützt – und mit etwas Glück auch vor den Locos und den anderen Gruppen, die die Stadt unsicher machen.

„Wir sollten jetzt unser Essen mit ihnen teilen“, meint Amber zu Dal und bricht das Schweigen, das sich ausgebreitet hatte.

„Okay“, entgegnet Dal, der wenigstens für den Augenblick nicht mehr daran interessiert ist, die Stadt so schnell wie möglich zu verlassen. Er hilft Amber, den Rucksack abzunehmen, und gibt jedem der Kinder eine Konservendose.

Nachdem alle gegessen haben, fordert Amber die anderen auf: „Kommt mit, wir sehen uns hier um!“

„Vielleicht gibt's hier was zu Essen!“, meint das Mädchen aus der Gruppe.

„Sieht zwar aus, als wär hier alles geplündert worden, aber man kann nie wissen ...“, erwidert Dal und steht auf.

„Wie heißt du eigentlich?“, fragt Amber die Kleine.

„Patsy!“

„Aha, und du bist ...?“ Sie sieht den Jungen an.

„Paul“, antwortet ebenfalls Patsy.

Amber nickt. „Und wer ist das?“ Mit dem Kopf deutet sie auf den Golden Retriever.

„Das ist Bob!“, erwidert abermals Patsy.

Dal kommt aus dem geplünderten Lebensmittelgeschäft gleich hinter ihnen heraus.

„Hast du was gefunden?“, fragt Amber voller Hoffnung, aber Dal schüttelte den Kopf.

„Tja. Das ist nicht schön.“ Frustriert schaut Amber in die Runde.

„Wir haben selbst nicht viel, also teilen wir das eben“, schlägt Dal vor.

„Das sind Patsy und Paul“, stellt Amber die beiden vor. „Ich glaube, Paul ist ein bisschen schüchtern.“

„Er ist nicht schüchtern!“, Patsy ist empört.

Paul sieht Amber und Dal an. „Ich bin taub, das ist alles.“

Dal hebt erstaunt die Augenbrauen. „Ja, aber er kann doch gut sprechen!“

„Wenn er Lust hat, schon!“, meint Patsy und sieht ihren Bruder eindringlich an.

„Oh, ich verstehe“, sagt Amber und lächelt beide an. „Kannst du uns von den Lippen ablesen?“

Paul reagiert mit einer raschen Folge von Handzeichen, woraufhin sich Amber und Dal ratlos ansehen.

„Paul spricht die Taubstummensprache“, erklärt Patsy. „Er meint, er macht lieber Zeichen.“

„Ah!“ Amber sieht zu Paul, der erneut mit seinen Händen gestikuliert.

„Und was bedeutet das?“, fragt sie Patsy neugierig.

„Das bedeutet, wir kriegen Ärger!“, kommt die Antwort – allerdings von Dal, der erschrocken zum Eingangsbereich der Mall schaut.

„Also“, ertönt von dort Lex’ Stimme, „wo waren wir stehen geblieben, als ich vorhin unterbrochen wurde?“

Amber dreht sich schnell um und erkennt die drei Typen vom Spielplatz wieder.

‚Diesmal helfen uns keine Locos.‘ Sie überlegt, wie sie sich vor den dreien in Sicherheit bringen können. Wäre sie mit Dal allein, dann hätten sie weniger Schwierigkeiten. Aber mit den Kindern ist es praktisch unmöglich, sich schnell genug zurückzuziehen.

Siegessicher macht Lex ein paar Schritte nach vorne, für

die er sich viel Zeit lässt. Er weiß, dass die Gruppe ihm diesmal nicht entwischen wird. Ryan und Zandra sind an seiner Seite und imitieren Lex' Auftreten, wirken dabei aber so lachhaft, dass Dal ein Grinsen unterdrücken muss. Lex geht drohend auf Amber zu. Nur noch wenige Meter trennen ihn von Amber und den anderen, als ein metallisches Rasseln ertönt. Im nächsten Moment schießt ein Stahlgitter von der Decke herunter, schlägt mit der Unterkante laut auf dem Fußboden auf und versperrt mit lautem Getöse den Weg. Lex bleibt erschrocken stehen und starrt auf das Gitter, das die beiden Gruppen voneinander trennt, dann blickt er zu Amber und Dal.

„Wie habt ihr das gemacht?"

Die beiden sehen sich irritiert an, während Lex und Ryan versuchen, das Gitter anzuheben.

„Wir kommen hier schon irgendwie rein!", keucht Lex, obwohl sich das Stahlgitter nicht einen Millimeter bewegt. „So leicht entwischt ihr mir nicht!"

Das letzte Wort wird fast von dem Lärm übertönt, den das zweite Gitter macht, das einige Meter hinter ihnen herabfällt und ihnen den Rückzug versperrt. Sie sitzen in der Falle!

„Sieht aus, als würdet *ihr* nicht so leicht entwischen!", entgegnet Amber kühl.

„Was wollt ihr überhaupt von uns? Wir haben keinen Stress mit den Locos!", stellt Dal fest.

Amber muss unwillkürlich lachen: „*Das* da sind keine Locos! Locos hätten mit uns kurzen Prozess gemacht!"

Ihr spöttischer Ton macht Lex nur noch wütender. „Mach das Ding auf!", brüllt er und trommelt mit den Fäusten gegen das Metall. Das Getöse der Schläge hallt durch die Mall. „Los, mach auf, oder es wird dir Leid tun! Ich werde jetzt bis zehn zählen! Eins ... zwei ... drei ..."

Eine andere, fremde Stimme fällt ihm bei ‚drei' ins Wort und zählt weiter. Lex bleibt wie versteinert stehen und hält in seinem Trommeln inne.

„Vier … fünf … sechs … sieben … acht …"

In dem Moment tritt eine schmächtige Gestalt aus dem Schatten einer Säule hervor – ein schmaler Junge mit feuerrotem Haar, auf der Nase eine Schutzbrille, an der neben einer Lupe auch eine kleine Lampe montiert ist. Seine Stimme ist durch die besondere Akustik im Inneren der Mall so verstärkt worden, dass sie regelrecht gedröhnt hat. Als der Junge sich ins Licht stellt, hört sich seine Stimme plötzlich ganz normal an.

„Neun … zehn … Und was geht jetzt ab?" Der Junge wirft einen geringschätzigen Blick zu Lex. Dem hat es die Sprache verschlagen.

„Tja, das war 'ne ziemlich leere Drohung, was? Nicht besonders gut durchdacht. Na ja, was soll's", sagt er und wendet sich Amber und Dal zu.

„Übrigens, ich bin Jack. Ich bin sicher, ihr habt mir was zu sagen."

Amber stellt sich und die anderen vor, aber Jack schüttelt nur den Kopf. „Das meine ich nicht. Früher hat man ‚danke' gesagt, aber das ist wohl nicht mehr angesagt."

„Danke", sagt Amber darauf mit einem freundlichen Lächeln.

„Nicht der Rede wert", entgegnet er beiläufig und richtet sein Wort wieder an Lex. „Die Gitter kann man nur mit einer speziellen Winde aufmachen. Ich werde eins öffnen, wenn ihr euch ein bisschen beruhigt habt." Dann dreht er sich um und sieht Dal an: „Kommt mit! Ich zeig euch alles."

„Hey! Was soll der Scheiß?", brüllt Lex, aber niemand achtet auf ihn.

„Warum hilfst du uns?“, will Amber wissen, während sie durch die Mall gehen. Jack lotst sie an geplünderten Geschäften und leer stehenden Lokalen vorbei, die es längst nicht mehr gibt. „Wir könnten Demon Dogs sein, du kennst uns nicht.“

Jack macht sich keine Mühe, sein breites spöttisches Grinsen zu verbergen.

„Mach dich nicht lustig! Warum hast du uns reingelassen?“

„Ganz einfach. Ich hab seit sechs Wochen nur Bohnen aus der Dose gegessen, und sogar die gehen mir langsam aus. Ich denke, ihr könnt mir helfen, was zu finden. Das ist doch nicht zu viel verlangt, nachdem ich euch geholfen hab, euer kleines Problem in den Griff zu kriegen!“

„Vielen Dank für deine Hilfe“, wendet Dal ein, während er Amber von der Seite mustert. „Aber wir ziehen weiter, gleich morgen früh. Stimmt's Amber?“

Amber nickt knapp, vermeidet es aber, Dal anzusehen.

„Wie ihr wollt! Aber 'n besseren Platz zum Schlafen gibt's nicht!“

„So 'ne große Mall“, sagt Salene auf einmal. „Und total leer!“

Auch Cloe erwacht plötzlich zum Leben und erklärt: „Ich bin müde!“

„Ich auch“, pflichtet Patsy ihr bei.

„Es wird bald dunkel“, fährt Salene fort. „Wie machen wir das mit dem Schlafen?“

Amber dreht sich zu ihr um. „Ich hab 'ne Decke dabei, die können die Kleinen sich teilen. Wir anderen müssen irgendwie ohne klarkommen.“

„Klingt nicht schlecht“, sagt Jack und grinst wieder. „Aber ich hab was Besseres. Kommt mit.“

Er führt alle in eine Ecke der Mall, die sie noch nicht gesehen haben. Als sie vor dem Schaufenster ankommen, bleiben sie wie gebannt stehen.

Ausgerechnet Paul ist der Erste, der einen Ton herausbringt: „Guck mal! Bett!"

„Na, was sagst du?", fragt Jack an Amber gewandt.

„Es ist ... traumhaft!", bringt die sonst so vernünftige Blonde zu Tränen gerührt hervor.

„Das ist das Schöne an Möbeln", erklärt Jack fachmännisch, „sie sind einfach zu groß, um sie mitgehen zu lassen. Ich schlage vor, jeder von euch sucht sich ein Bett aus. Ich schlaf immer drüben im Elektroshop, da fühl ich mich zu Hause."

Als sie das Geschäft betreten, fällt Ambers Blick auf ein dickes Notizbuch, das auf einem der Schreibtische liegt. Früher haben wohl die Verkäufer daran gesessen. Sie nimmt das Buch und blättert es durch. Es ist unbenutzt. Vermutlich ist es so etwas wie ein Auftragsbuch gewesen, das man einfach vergessen hat. Amber legt es zur Seite.

‚Wer will jetzt noch was aufschreiben?', überlegt sie, stutzt dann aber und nimmt das Notizbuch wieder an sich. Sie sucht etwas zum Schreiben, öffnet eine Schublade und findet tatsächlich einen Stift. ‚Ich werde was aufschreiben – meine Geschichte!'

„Hey! Zieht endlich das Gitter hoch!", beschwert sich Lex lautstark aus dem Hintergrund.

„Was machen wir jetzt mit denen da unten in ihrem Käfig?", fragt Amber.

Jack zuckt mit den Schultern. „Die lassen wir noch ein bisschen schmoren."

„Mach dich doch nicht verrückt! Heute lassen die uns sicher nicht mehr raus. Schone lieber deine Kräfte!", hören sie Zandra auf Lex einreden. Dann kehrt allmählich Ruhe ein.

„Ich will wieder nach Hause!" Cloe fängt leise zu weinen an.

„Das hier ist dein Zuhause", erwidert Amber und drückt die Kleine an sich. „Im Moment jedenfalls."

Ein ungebetener Gast

Mein erster Eintrag in meinem Tagebuch. Als ich noch jünger war, wollte ich so etwas nie machen. Ich wollte nicht die Dinge aufschreiben, die mir im Kopf herumgehen, weil ich immer Angst hatte, irgendjemand könnte das lesen. Und ich hatte auch nie Lust dazu gehabt, einfach nur festzuhalten, was sich am Tag ereignet hat. Mein Leben schien mir früher nie aufregend genug.

Und jetzt? Jetzt schreibe ich auf, was passiert und was mich bewegt. Vielleicht möchte es irgendwann jemand lesen – und von allen Gefahren und Geschehnissen, die sich seit dem Ausbruch des Virus ereignet haben, etwas erfahren. Irgendwann, wenn es mich nicht mehr gibt. Vielleicht wird man über das lachen, was ich in dieses Tagebuch schreibe. Vielleicht wird es aber auch anderen Hoffnung machen, vielleicht können sie sogar etwas aus dem lernen, was ich aufschreibe.

Eine Sache haben wir jetzt schon gelernt. Es ist ganz egal, wie sehr man sich auf eine Katastrophe vorbereitet. Es kann so schnell ganz anders kommen, dass alle Vorbereitungen nutzlos werden. Klar, man kann Deiche bauen, um sich vor einer Überschwemmung zu schützen. Und man kann Häuser erdbebensicher bauen, jedenfalls solange es kein ganz schweres Erdbeben ist. Man kann sich gegen Grippe impfen lassen, gegen Kinderlähmung und gegen so viele andere Krankheiten.

Aber man muss doch erst die Krankheit kennen, ehe man

dagegen impfen kann. Was mit den Erwachsenen passiert ist, konnte doch keiner ahnen, oder? Wie hätte man impfen sollen, wenn auf einmal niemand mehr lebt, der das nötige medizinische Wissen besitzt?

Ich frage mich, wie es weitergehen soll. Was soll mit uns geschehen, wenn wir älter werden? Hoffentlich wird es nach uns noch jemanden geben, der dieses Tagebuch lesen kann. Ich glaube, das Einzige, was wir nicht machen dürfen, ist die Hoffnung aufgeben.

Das war seit langem die erste Nacht in einem richtigen Bett. Einfach traumhaft. Ich hatte schon ganz vergessen, wie schön das sein kann. Das kann einem den Mut wiedergeben, doch noch an eine Zukunft zu glauben. Aber so wie es aussieht, ist das eine Zukunft ohne Erwachsene. Nicht nur hier in der Stadt oder in unserem Land, sondern überall auf der Welt.

Jack hat ein Radio gefunden, einen Weltempfänger. Zuerst haben wir gedacht, dass sein Radio defekt ist, weil es außer Rauschen nichts empfängt. Ausgesprochen hat es niemand von uns, aber uns allen ist später klar geworden, dass das Radio in Ordnung ist. Offenbar gibt es nirgendwo auf der Welt noch jemanden, der etwas sendet, was wir empfangen könnten. – Vielleicht irren wir uns ja auch, vielleicht ist das Radio ja doch kaputt. – Ich würde es mir jedenfalls wünschen. Die Vorstellung, dass es nirgendwo mehr Erwachsene geben sollte, macht mir Angst.

Bloß weiß ich im Moment nicht so richtig, wovor ich mehr Angst haben soll: vor einer Welt, die nur noch von Kindern und Jugendlichen bewohnt wird, oder vor unseren drei Verfolgern, die noch immer im Eingang der Mall festsitzen und inzwischen wieder wie Raubtiere in einem Käfig hin- und herlaufen.

Ein Problem habe ich zumindest lösen können – Dal. Ich glaube, er hat kapiert, dass wir bleiben müssen. Wir können jetzt nicht mehr raus aufs Land, wie wir uns das gedacht hatten. Wir können die Jüngeren nicht einfach im Stich lassen.

Das Gitter gibt nicht nach, und man kann es nicht anheben. Es gibt keinen Ausweg aus dem Käfig. Frustriert lässt Lex sich auf der Couch nieder, während Ryan und Zandra einfach nur dastehen.

„Jetzt passt mal auf! "Amber tritt ans Gitter. Sie wirkt in ihrem Auftreten noch stärker als am Vortag – richtig entspannt. „Ihr habt die Wahl."

„Was denn?", fragt Zandra und geht auf Amber zu.

„Ich denke, dass wir am besten das Außengitter aufmachen und euch wieder auf die Straße schicken."

„Nein, bitte nicht!", ruft Zandra und sieht Hilfe suchend zu Lex. „Sag doch was!"

„Was für 'ne Wahl?", fragt Lex widerwillig.

„Ach!", meint Amber bissig. „Das Raubtier kann zuhören!"

„Jetzt sag schon, was für 'ne Wahl wir haben", brummt er.

„Ihr könnt rausgehen und sehen, wie es mit den Locos läuft. Oder ihr schließt euch uns an, aber nach unseren Regeln. Wir teilen, was wir haben, wir arbeiten zusammen und vielleicht sind wir dann sicher ..., vielleicht!"

Jack stellt sich neben Amber und fragt: „Woher wollen wir wissen, dass wir denen trauen können? Was ist, wenn sie doch Locos sind?" Immer, wenn er angespannt ist, wippt er mit den Füßen hin und her. In diesem Moment auch wieder.

„Dann hätten wir wohl nichts dagegen, von hier zu verschwinden, oder?", wendet Zandra ein. „Du bist doch nicht so wahnsinnig schlau, hm?"

„Immerhin schlau genug, um euch in die Falle zu locken!" Jack hat die Nase voll. ‚Was bildet sich dieses Mädchen denn ein? Frechheit!'

„Das wirst du noch bereuen, das schwör ich dir!", zischt Lex Jack an.

„Anscheinend habt ihr eure Wahl getroffen", unterbricht Amber ungerührt die Auseinandersetzung. „Jack, zieh doch bitte das Außengitter hoch."

„Nein!" Zandra ist entsetzt. „Warte, ich will hier bleiben!"

Lex wirft ihr einen wütenden Blick zu. ‚Hat er seinen Einfluss auf sie schon verloren?' Wie Ryan reagieren würde, ist jetzt völlig ungewiss. Wenn Lex nicht schnell einen Entschluss fasst, würde er am Ende ganz allein dastehen. Gerade will er etwas zu Ryan sagen, als Patsy dazwischenruft: „Paul sagt, ihr sollt ruhig sein. Ihr alle! Er hat etwas gehört. Hört doch!"

„Was soll das?", fragt Lex irritiert. „Ich denke, er ist taub!"

Patsy verzieht den Mund. „Er kann Sachen fühlen. Durch den Boden. Schwingungen, verstehst du? Sachen, die du gar nicht mitkriegst!"

Wie auf Kommando ist genau in dem Moment ein leises Geräusch zu hören, ein fernes Rascheln oder Scharren.

„Ratten", meint Lex.

„Nein", erwidert Jack. „Das sind Schritte, ganz sicher." Wieder hampelt er vor Anspannung beim Sprechen herum. Seine Nervosität ist richtig ansteckend.

„Vielleicht sind es ja die Locos", sagt Lex. „Wollt ihr uns immer noch nicht reinlassen?"

Amber dreht sich zu Jack. „Wo geht's in die Kanalisation?", fragt sie ihn und schnappt sich Dal, nachdem Jack die Richtung angezeigt hatte. „Wir werden nachsehen, was das ist."

„Und was ist mit uns?", ruft Zandra den beiden nach.

Lex bemerkt sofort, dass die anderen mit einem Mal unsicher wirken. „Hey, hört mal! Was ist, wenn sie nicht wiederkommen? Die Locos sind wahrscheinlich schon auf dem Weg hierher."

Beklemmende Stille herrscht auf der anderen Seite des Gitters. Er ist offensichtlich auf dem richtigen Weg, diese Kinder zu überlisten. „Ich hab mal gesehen, wie sie sich einen geschnappt haben, ein schmächtiger Junge, so'n Typ wie du, Jack."

„Hör auf damit!", fährt Salene ihn an. „Du machst den Kleinen nur Angst!"

„Sie sollten auch Angst haben", erwidert er. „Und du genauso." Er macht eine ausholende Geste. „Ihr habt keine andere Wahl. Ihr macht auf, lasst uns rein, und vielleicht helfen wir euch dann ... Vielleicht!"

„Ich trau dir aber nicht", sagt Jack. Er versucht möglichst sicher zu klingen.

Lex verzieht den Mund. „Du traust mir nicht? Es geht hier ums Überleben. Also mach schon!"

„Mach es, Jack!" Salene packt Jack am Arm. „Bitte!"

Jack wirkt erleichtert, dass er nicht allein entscheiden muss. Er geht zur Treppe, um sich nach oben zu dem Mechanismus zu begeben, mit dem er die Rollgitter bewegen kann. Gerade als er nach dem Seil greifen will, um das Gitter zu öffnen, kommen Amber und Dal in die Mall zurückgelaufen.

„Jack!", ruft Amber außer Atem. „Was ist hier los?"

Er lässt erleichtert das Seil los, als er sie sieht. „Wir

dachten, wir sehen euch nie wieder! Habt ihr was gefunden?"

Amber nickt: „Da unten war tatsächlich jemand. Aber wir haben ihn verloren."

Dal wirkt abgehetzt. Schweißperlen stehen auf seiner Stirn.

„Wir müssen den Eingang rund um die Uhr bewachen", erklärt er, „damit wir hier wirklich sicher ..."

Die letzten Worte werden von der Sirene eines Polizeiwagens übertönt, der ganz in der Nähe der Mall seine Runden zu drehen scheint.

„Zum Bewachen ist es jetzt zu spät! Das sind die Locos!", ruft Lex entsetzt. „Sie sind da. Also lasst ihr uns jetzt rein?"

„Akzeptiert ihr unsere Regeln?" Amber sieht ihn abwartend an.

Wütende Blicke treffen sie aus den Augen von Lex. „Na schön, erst mal, ja.", brummt er.

„Erst mal kannst du vergessen! Also geht ihr auf die Straße. Jack!"

Wieder ist die Sirene zu hören, diesmal noch lauter als vorher. Als Amber bemerkt, wie Lex bei dem Geräusch minimal zusammenzuckt, weiß sie, dass sie zumindest für den Augenblick gewonnen hat.

„Okay! Wie du willst. Also lasst uns rein!" Lex versucht so reumütig wie nur irgend möglich zu wirken. Er lässt sogar den Kopf nach unten hängen.

Amber nickt triumphierend und gibt Jack ein Zeichen, das Gitter zu öffnen. Als es auf halber Höhe ist, duckt sich Lex darunter hindurch und baut sich trotzig vor Amber auf. „Tja, vielleicht hab ich gelogen", zischt er und fuchtelt mit seinem ausgestreckten Zeigefinger vor ihren Augen hin und her. „Wart's ab, Perle. Wir haben noch eine Rechnung offen."

Dann dreht er sich zu seinen Kumpanen um, winkt Ryan heran und gibt ihm eine kurze Anweisung. Er soll ihm folgen. Sie machen sich auf den Weg in die Kanalisation, um den Eindringling zu suchen, der irgendwo unterhalb der Mall sein Unwesen treibt. Jack bleibt mit Dal und Amber zurück, um den Eingang zu beobachten, durch den die beiden verschwunden sind. Jeder von ihnen hat sich etwas gegriffen, was im Notfall als Waffe herhalten soll.

Eine Weile geschieht nichts. Es sind nicht einmal irgendwelche Geräusche zu hören. „Sie sind schon verdammt lang weg“, flüstert Jack schließlich Dal zu.

Als habe er damit ein Zeichen gegeben, sind auf einmal Schritte zu hören. Gebannt liegen die drei auf der Lauer und warten, dass sich der Eindringling zeigt. Amber lauscht intensiv, kann aber nichts mehr hören. Kurz entschlossen tritt sie hinter der Säule hervor, die den dreien Schutz geboten hat und ... steht einem Fremden gegenüber. Er hat ihre Größe und sieht – wie sie sich insgeheim eingesteht – zum Verlieben aus. Sein mittelblondes Haar wird von einem natürlichen Scheitel geteilt und fällt im Nacken bis knapp über die Schultern. An der rechten Seite hat er hinter dem Ohr einen Zopf in sein Haar eingeflochten, der bis auf Brusthöhe hängt. Der Junge strahlt etwas Natürliches, Beruhigendes aus, auch wenn sich Amber nicht erklären kann, womit das zusammenhängt. Eine eigenartige Anziehung geht von ihm aus. Die Entschlossenheit, mit der Amber dem Unbekannten gegenübergetreten ist, verflüchtigt sich in dem Moment, als sie ihm in die Augen sieht. Verwirrt spielt sie mit ihrer rechten Hand an einem ihrer Zöpfe herum.

„Wer bist du?“, fragt sie in einem Tonfall, der nicht zur Situation passt, sondern fast schon etwas Verliebtes hat. Sie muss sich zusammenreißen. „Und was willst du hier?“

„Die Waffen braucht ihr nicht", entgegnet der Junge. „Ich bin ein Freund. Mein Name ist Bray."

„Ich bin Amber", sagt sie. Jegliche Vorsicht ist auf einmal wie weggewischt. Er könnte ein Demon Dog sein, der sich unauffällig gekleidet hat, um sich anzuschleichen. Er könnte sie im nächsten Moment attackieren, aber eine innere Stimme sagt ihr, dass er keine Bedrohung darstellt. ‚Er ist nicht nur keine Bedrohung, er ist …', denkt sie und versucht sich auf die Anderen zu konzentrieren.

„Ich hab doch gesagt, ihr sollt die Kanalisation bewachen!", poltert Lex vom anderen Ende der Mall, als er dicht gefolgt von Ryan von der scheinbar erfolglosen Jagd zurückkehrt. „Da unten kann ja jeder …"

Er stockt, als er Bray entdeckt. „Das ist der Kerl!", brüllt er los. „Wir sind ihm durch die halbe Stadt hinterhergerannt! Die Locos hätten uns um ein Haar auf einem Bücherstapel geröstet! Was macht er hier?"

„Reg dich nicht so auf!", erwidert Amber. „Das ist Bray, er will nur eine Nacht hier bleiben."

„Kann er mir das nicht selbst sagen?", will Lex wissen. „Wir haben schon einen, der nicht hören kann. Hey, Bray, was ist los mit dir? Bist du stumm?"

„Ich reiß bloß nicht sofort die Klappe auf", gibt Bray kühl zurück. „Nennst du das stumm?"

„Dieser Typ ist hier rumgeschlichen und hat spioniert! Warum machst du das?" Er lässt seine Augen von einem zum anderen in der Gruppe wandern.

„Um abzuchecken, ob's hier sicher ist. Warum wohl?"

„Sicher?", wiederholt Lex. „Sicher für wen?"

„Es reicht allmählich, Lex!", herrscht Amber ihn an. „Wir haben abgemacht, wenn wir euch aus dem Käfig lassen, dann zu unseren Regeln!"

Lex legt den Kopf schräg und sieht Amber durchdringend an: „Also, Schätzchen, dieser Typ taucht hier auf, spioniert ein paar Tage lang rum, und wir nehmen ihn mit offenen Armen bei uns auf! Was ist, wenn die Locos ihn geschickt haben?"

„Haben sie nicht", erwidert Bray.

Lex schnaubt verächtlich. „Sehr clever! Als wenn du das zugeben würdest. Wir sollten ihn lieber in den Käfig stecken, bis wir's wissen."

„Hört zu! Ich will nichts von euch. Nur ein Dach überm Kopf für eine Nacht. Wie ihr vielleicht wisst, ist es draußen verdammt gefährlich!"

„Allerdings, und darum werden wir hier auch keine Streuner aufnehmen", erklärt Lex gehässig.

„Was denn, Lex?", ruft Amber spöttisch. „Wollt ihr uns etwa auch verlassen?"

„Vergiss es", murmelt Lex getroffen. „Es ist schon spät, ich lege mich schlafen."

Noch mehr Gäste

Der nächste Morgen beginnt sehr aufregend. Über Nacht hat sich Bray aus dem Staub gemacht, und mit ihm ist ein Teil der Lebensmittelvorräte verschwunden, die sie in der Mall zusammengetragen hatten.

„Warum bist du nicht wachgeblieben, wie's abgemacht war, Jack?", fragt Amber verärgert, während die Gruppe sich am Brunnen versammelt.

„Fang bloß nicht an, das an Jack auszulassen", mischt sich Dal ein und fasst sie am Arm. „Wir haben uns in dem Typ geirrt, das ist alles."

„Wir?", fährt Lex dazwischen. „Was heißt hier eigentlich ‚wir'? Ich wollte den Typ gar nicht hier haben. Das zeigt doch wohl, dass unsere liebe Amber nicht in der Lage ist, so eine Situation richtig einzuschätzen." Er holt gerade Luft, um weiterzutoben, als ein leises, aber deutlich vernehmbares Quietschen aus einer Ecke der Mall ertönt. Lex verstummt und dreht sich in die Richtung, aus der der Lärm kommt.

Bray ist wieder da, aber nicht allein. Ein etwa vierzehn Jahre altes Mädchen, das hochschwanger ist, wird von ihm gestützt.

„Darf ich vorstellen, das ist Trudy", erklärt Bray leise. Trudys Gesicht ist von den Strapazen der Schwangerschaft gezeichnet. Ihr schwarzes Haar hat sie vor längerer Zeit wohl zum Pagenkopf schneiden lassen, der allerdings inzwischen ein wenig aus der Form geraten ist.

„Ich weiß, was das ist!", ruft Patsy aufgeregt und zeigt auf Trudys Bauch. „Das da ist ein Baby!"

„Ja, du hast Recht", antwortet Bray: „Wir brauchen dringend einen Platz, der sicher ist. Wir sind schon seit Wochen unterwegs ...", er zögert kurz, „... und das Baby kommt bald zur Welt. Das hier ist der sicherste Ort, den wir finden konnten."

„Nein!", gibt Lex knapp zurück, aber Salene widerspricht ihm augenblicklich: „Natürlich könnt ihr hier bleiben! Wir haben Platz genug für euch."

Salene wendet sich Hilfe suchend an Amber: „Sie kann doch hier bleiben, oder?"

„Willst du das, Trudy?"

Trudy nickt. „Ja. Bitte?!"

„Wie höflich!", spottet Lex und äfft Trudys Stimme nach. „Die Antwort ist trotzdem nein."

„Du kannst sie doch nicht einfach rauswerfen!", meint Salene vorwurfsvoll zu Lex, der desinteressiert mit den Schultern zuckt.

„Sie kriegt bald ein Baby, Lex!", appelliert nun auch Zandra an sein Mitgefühl.

Lex schüttelt den Kopf. „Ihr seid wohl nicht mehr ganz dicht! Was wir hier brauchen, sind Leute, die fit sind!"

Bray wirft ihm einen finsteren Blick zu, vermeidet es aber, auf die provozierenden Bemerkungen einzugehen. Er hat keine Angst davor, sich mit Lex zu prügeln, aber seine Kräfte sind ihm zu wertvoll, um sie an einen solchen Schwachkopf zu vergeuden.

„Wann soll denn das Baby kommen?", will Salene wissen.

„Ich weiß nicht genau, aber ich glaube, bald", antwortet Trudy.

Bray hat die Diskussion satt. Er leert mit einem Schwung eine große Tasche mit den unterschiedlichsten Lebensmittelvorräten vor den anderen aus. Sogar Lex wirkt einen Moment lang beeindruckt.

„Ich erwarte nicht, dass ihr uns ohne Gegenleistung nehmt", erklärt Bray aufgebracht. „Ich kann noch mehr besorgen."

„Ich hab die Schnauze voll!", braust Lex auf. „Siehst du nicht, dass der sich hier einschleimen will mit seinen Dosenpfirsichen und seiner Schokolade? Ich kann uns alles beschaffen, was wir wollen. Wir brauchen dich nicht, genauso wenig wie deine Freundin und ihre Brut. Und jetzt verzieh dich!"

„Nein, das geht so nicht", schaltet sich Amber wütend ein. „Hier hat nicht ein Einzelner das Recht, eine Entscheidung zu treffen. Wir beschließen alles zusammen. Wir stimmen gleich darüber ab. Wir machen's mit Handzeichen."

Aus dem Augenwinkel bemerkt Amber, dass Dal sich von der Gruppe entfernt.

„Wo willst du hin? Du kannst nicht einfach abhauen. Wofür stimmst du?"

Dal zuckt mit den Schultern. „Interessiert mich nicht."

„Dann zählen wir das als nein", erklärt Lex sofort und erntet keinen Widerspruch. „Und die Kids zählen überhaupt nicht."

„Sie leben auch hier", erwidert Amber scharf. „Sie stimmen mit ab."

Lex verdreht die Augen und schaut scheinbar mitleidvoll auf Bob herunter. „Und der Hund? Hat der auch 'ne Stimme?"

Bray verkneift sich ein Grinsen, als er sagt: „Warum nicht? Du darfst ja auch abstimmen."

„Jeder hat eine Stimme", verkündet Amber. „Also: Wer ist dafür, dass Trudy hier bleibt?"

Zandra, Cloe, Salene und Patsy heben sofort ihre Hände.

„Okay, vier. Wer ist dagegen?"

Lex streckt als Erster den Arm hoch, sofort gefolgt von Ryan, der offenbar keine eigene Meinung besitzt. Nach kurzem Zögern heben auch Jack und Paul die Hand.

„Hätte ich mir ja denken können. Alle Jungs!", seufzt Salene, stutzt dann aber. „Warte mal, Amber, du hast nicht gestimmt!"

Amber schweigt einen Moment lang, dann sagt sie leise. „Ich bin dagegen."

„Amber!", ruft Salene bestürzt.

Zandra reißt ungläubig die Augen auf: „Das glaub ich einfach nicht!"

„Ich auch nicht", pflichtet Lex ihr bei und grinst zufrieden.

„Mann, es geht hier um ein Baby!", erklärt Amber mit gedämpfter Stimme. „Das ist kein Stofftier. Wir sind selber noch Kids. Um Babys muss man sich kümmern, die müssen gefüttert werden! Wir wissen nicht mal, wie wir selbst durchkommen sollen. Ihr müsst weitersuchen, Bray, ihr findet was Besseres. Sorry, Trudy."

Bray steht auf und schnaubt wütend. „Dein Mitleid kannst du dir sparen! Und deine Demokratie kannst du dir sonst wohin schieben! Was seid ihr für Menschen, die ein hochschwangeres Mädchen im Stich lassen? In was für einer Welt lebt ihr? In einer ohne lästige Babys? Na, dann wird's euch auch nicht mehr lange geben. Ihr kotzt mich einfach an, ihr seid schlimmer als die Locos."

„Auf jeden Fall haben wir das schnell entschieden", meint Lex mit einem spöttischen Unterton. „Und jetzt macht einen Abflug."

Lex hat kaum seinen Satz beendet, als Trudy laut zu stöhnen und zu schreien beginnt.

„Bray, es geht los!", ruft Trudy entsetzt. „Das Baby kommt!"

Ein schrecklicher Unfall

Es ging alles so unglaublich schnell. Gerade hatten wir noch beschlossen, Trudy und Bray aus der Mall zu schicken, da ist auch schon ihr Kind zur Welt gekommen. Dem Baby geht es gut. Trudy ist jedoch so geschwächt, dass sie sich nicht um das Baby kümmern kann. Die letzten Tage waren total hektisch. Bray war verschwunden, und Lex hat uns weismachen wollen, dass er losgezogen ist, um die Locos zu holen. Inzwischen wissen wir, dass er sich heimlich zu einem abgelegenen Lager geschlichen hat, um Dinge für das Baby zu holen. Ich war verdammt wütend auf Bray. Er hätte wenigstens sagen können, was er vorhatte. Dass er so lange gebraucht hat, lag daran, dass er den Demon Dogs aus dem Weg gehen musste. Er ist mit Cloe zurückgekommen, die aus irgendeinem Grund die Mall verlassen hatte. Ich habe das Gefühl, dass die Kleine uns irgendetwas verheimlicht, aber ich kann nicht sagen, was es ist. Es reicht schon, dass Lex uns ständig Böses unterstellen will. Allerdings hat er mich gestern sehr überrascht. Trudys Wasserration hätte nicht gereicht, um das Baby zu baden, und ausgerechnet er hat seine Ration zur Verfügung gestellt. Wenn ich nur wüsste, ob ich mich darüber freuen soll, dass er allmählich Vernunft annimmt, oder ob er nur irgendeinen Plan vorbereitet ...

Dal hat sich auf den Weg zur Arztpraxis seines Vaters gemacht, und er hat es wirklich geschafft, Antibiotika zu holen, damit Trudy überlebt. Ich hoffe nur, dass sie es auch wirklich schafft. Bray hat versprochen, dass er sich bessern will. Aber auch er macht den Eindruck, als wolle er uns etwas verheimlichen. Um Trudy und die Kleine kümmert er sich jedoch ganz toll. Aber das muss er als frisch gebackener Vater ja auch – oder? Ich werde aus Bray nicht schlau und muss gestehen, die ganze Situation wächst mir über den Kopf. Eigentlich müsste mir Bray vollkommen egal sein, wo er doch ein Mädchen und eine Tochter hat – aber …

Trudy ist zu beneiden.

Bray setzt sich zu Trudy aufs Bett und betrachtet sie eine Zeit lang. Sie atmet wieder ruhiger und ist nicht mehr so nass geschwitzt. Ihr Fieber ist offenbar zurückgegangen, und mit ein wenig Glück ist sie bereits auf dem Weg der Besserung.

Plötzlich erfüllt sie eine Unruhe, ihre Augenlider zucken, und Bray kann erkennen, dass sich ihre Augen hin- und herbewegen. Bray erschrickt, als Trudy ihn auf einmal ansieht. Ihr Blick ist etwas glasig und sie macht einen verwirrten Eindruck.

„Du bist wieder da!“, sagt Bray leise.

„Wieso, wo war ich denn?“, fragt Trudy mit heiserer Stimme.

„Na ja, kurz nach der Entbindung hast du hohes Fieber bekommen“, erklärt er einfühlsam. „So etwas kann vorkommen, vor allem unter diesen Bedingungen. Wir hatten alle große Angst, dass du es nicht schaffen würdest.“

„War ich wirklich so sterbenskrank?“

„Ja“, sagt Bray knapp.

„Und wie lange bist du schon hier?“, will Trudy wissen.

„Die ganze Zeit über“, antwortet Bray und lächelt sie an. „Hast du's nicht gemerkt?“

„Danke“, sagt Trudy schwach und schließt für einen Moment ihre Augen.

„Na ja, ich hab dir nur die Hand gehalten“, erklärte er. „Richtig danken musst du schon einem anderen.“

„Ich versteh nicht, was du meinst?“

„Dal hat dir Antibiotika besorgt. Er hat dir das Leben gerettet, Trudy.“

Sie sieht ihn erstaunt an. „Wirklich? Dabei kennen wir uns so gut wie gar nicht.“

Bray nickt, dann schweigt er eine Weile.

„Sollen die Mädchen dir die Kleine bringen?“, fragt er schließlich.

„Nein, jetzt nicht. Nachher vielleicht, in Ordnung?“

„Okay. Ich werde jetzt den anderen Bescheid sagen, dass du wieder unter den Lebenden weilst.“

Trudy ringt sich zu einem schwachen Lächeln durch. „Weißt du, Bray, es mag ja sein, dass ein anderer mein Leben gerettet hat, aber trotzdem verdanke ich dir mein Leben. Und das werde ich dir niemals vergessen.“

Bei Trudys Worten fühlt sich Bray nicht wohl, will es sich aber nicht anmerken lassen.

Aber der Kranken ist sein fragender Blick nicht entgangen. Sie weiß, was in Bray vorgeht, und ist sich bewusst, dass er früher oder später auf diesen Punkt zu sprechen kommen wird. Sie hat jedoch gehofft, es würde eher später als früher sein.

„Müssen wir darüber reden?“ Trudy kann einen Seufzer nicht unterdrücken.

„Er will dich unbedingt sehen.“

„Du hast ihn getroffen?“

„Ja, gestern.“

„Auf keinen Fall! Ich kann das nicht, Bray.“

„Willst du nicht wenigstens darüber nachdenken?" fragt er vorsichtig.

Trudy blickt zur Decke. Tränen stehen in ihren Augen, und sie schluckt schwer, um nicht losheulen zu müssen. ‚Warum zwingt er sie, über Dinge nachzudenken, die sie aus ihrem Kopf verbannen will? Warum nur? Warum kann er nicht alles auf sich beruhen lassen?'

„Also gut", erwidert sie schließlich. „Ich werde mich mit ihm treffen. Aber nur hier in der Mall!"

„In Ordnung!" Bray erhebt sich von der Bettkante. In der Mall ist es inzwischen dunkel genug, dass er unbemerkt nach draußen gehen kann.

Eine Gestalt bewegt sich durch die feuchte, muffige Finsternis im übel riechenden Abwasserkanal. Sie geht zielstrebig durch das mannshohe Rohr, dessen Boden mit modrigem Wasser, Dreck und Moos bedeckt ist.

Die Gestalt drückt sich an eine Wand, als sie eine Stelle erreicht hat, an der durch die Decke ein unglaublich schwacher Lichtschein fällt. Sie verharrt minutenlang völlig bewegungslos, sodass niemand sie hätte wahrnehmen können. Das einzige Geräusch, das von dieser Gestalt ausgeht, ist ein nervöses, schweres Atmen.

Plötzlich ist oberhalb der etwas erhellten Stelle ein metallisches Kratzen und Klirren zu hören. Der Schatten an der Wand ertastet eine Leiter, die an der Wand befestigt ist, und klettert nach oben.

Oberhalb der Öffnung kniet Bray und wartet nervös. Da erscheint der Kopf von ... Zoot.

„Wenn das 'ne Falle ist, Bray!", zischt Zoot ihn sofort an.

„Du kannst mir vertrauen", erwidert Bray barsch. „Warte hier, ich hole sie!"

„Du hast fünf Minuten, Bray", warnt Zoot ihn. „Wenn du versuchst, mich reinzulegen, bist du tot!"

Bray reagiert nicht auf die Drohung. Es macht keinen Sinn, sich mit Zoot zu streiten, erst recht nicht in dieser Situation. Bray schleicht sich zurück in den unteren Bereich der Mall, wirft einen Blick in die Boutique, um sicher zu sein, dass Lex und Ryan dort fest schlafen. Dann begibt er sich in die erste Etage und weckt Trudy.

Sie schreckt aus dem Schlaf hoch, gibt aber keinen Laut von sich. Sie weiß genau, weshalb Bray bei ihr ist. Wortlos steht sie auf und folgt ihm auf den Gang, der rund um den Innenhof verläuft. Bob, der wachsame Golden Retriever, ist offenbar von den nächtlichen Aktivitäten geweckt worden und kommt aufgeregt zu Trudy und Bray gelaufen.

Erwartungsvoll wedelt er mit dem Schwanz und winselt leise. Bray kniet sich hin, streichelt den Hund kurz und weist ihn an: „Bleib schön ruhig sitzen, sitz!" Bray eilt leise mit Trudy nach unten ins Erdgeschoss. Sie ist so aufgeregt. Das Herz schlägt ihr bis zum Hals. Da tritt Zoot aus dem Schatten hervor.

„Zoot", Trudy bemüht sich, ihre Worte so neutral wie möglich klingen zu lassen.

„Was ist das?", entgegnet er an Stelle einer Begrüßung und sieht angewidert auf ein Bündel in Trudys Armen.

„Willst du deiner Tochter nicht ‚hallo' sagen?", fragt Bray vorwurfsvoll.

„Wer sagt, dass es von mir ist?", gibt Zoot argwöhnisch zurück.

„Ich hab nie was mit 'nem anderen gehabt", beteuert Trudy. „Kein einziges Mal." Ihr kommen die Tränen.

„Sie ist deine Tochter, Zoot. Du bist für sie verantwortlich.

Du wirst für Trudy und das Baby die Verantwortung übernehmen!" Bray ist wütend auf Zoot.

Zoot schnaubt verächtlich. „Du hast sie mir weggeschnappt! Und jetzt soll ich Verantwortung übernehmen! Sie ist mein Mädchen gewesen und du hast sie dir gekrallt, wie du dir immer alles gekrallt hast."

„Nein!", erwidert Bray nachdrücklich. „Sie ist weggelaufen, weil sie schreckliche Angst vor dir und den Locos hatte. Ich hab sie gefunden und ihr geholfen, das ist alles."

Zoot sieht Bray eindringlich an. Dieser hält dem prüfenden Blick stand, bis Zoot nickt.

„Tja, wenn du das so sagst ... Stimmt das, Baby?", fragt er an Trudy gewandt. „Dann kommst du mit mir zurück? Du bist mit dem Kind bei den Locos sicherer als bei ihm und dem Haufen, weißt du?"

„Wir sind keine Looser, Zoot, wir sind Überlebende!"

„Quatsch nicht, Bray! Die Einzigen, die hier überleben, sind die Starken! Meine Krieger und ich werden die Weltherrschaft übernehmen. Diese Stadt hier ist erst der Anfang."

Er sieht nach oben, wo Bob in der ersten Etage angefangen hat zu bellen. Dabei bemerkt er jedoch nicht, dass Lex und Ryan nur wenige Meter hinter der Gruppe stehen.

„Was für ein hübsches Bild!", ruft Lex in die Stille. „Wirklich rührend. Der große Zoot, der große Anführer der Locos, der Weltherrscher, zu Gast in unserer bescheidenen Mall."

Zoot wirbelt herum. Seine Augen sind vor Schreck weit aufgerissen und machen es ihm unmöglich, seinem Gegenüber den Blick zuzuwerfen, mit dem er normalerweise für Furcht und Schrecken sorgt. Er ist in der Falle.

„Wo sind die anderen?", fordert Lex.

„Es gibt keine anderen, nur Zoot“, erwidert Bray rasch. Er ist wie die anderen völlig überrascht. „Er ist nicht bewaffnet.“

„Na, sieh mal einer an“, sagt Lex und kommt näher, während er einen Baseballschläger in seiner Hand kreisen lässt. „Er ist allein hier? Allein sieht er gar nicht so hart aus, oder? Ohne seine Gang, die ihm Rückendeckung gibt!“

„Nicht!“, ruft Bray und stellt sich schützend vor Zoot. „Jetzt hör mir zu!“

Den Augenblick nutzt Zoot, um loszurennen. Die einzige Möglichkeit, irgendwo einen Ausweg zu finden, führt in die erste Etage. Wenn er es dorthin schafft, ehe Lex ihn zu fassen bekommt, dann hat er gute Chancen, zu entkommen.

„Lauf ihm nach!“, ruft Lex Ryan zu und stürzt sich selbst auf Bray, der ihm noch immer den Weg versperrt. Beide landen auf dem Boden und schlagen aufeinander ein. Ryan bleibt stehen und zerrt so lange an Bray, bis der schließlich Lex loslässt. Kaum befreit stürmt Lex zur Treppe.

Amber, Patsy und Paul sind aus dem Möbelgeschäft gekommen und betrachten verwirrt und verschlafen von oben die Szene, die sich vor ihren Augen abspielt.

„Was ist los?“, ruft Amber nach unten.

„Die Locos!“, erwidert Ryan, der noch immer damit beschäftigt ist, Bray festzuhalten, damit der nicht Lex nachläuft. „Sie sind hier drin!“

„Was?“, brüllt Amber ungläubig.

„Sie greifen uns an!“, kreischt Salene, die jetzt ebenfalls aus dem Geschäft gekommen ist. „Schon gut, keine Panik!“, keucht Lex. „Es ist nur einer.“

Bray gelingt es, sich von Ryan loszureißen, und rennt jetzt ebenfalls zur Treppe. „Wartet! Wartet doch mal, ihr wisst nicht, was los ist!“

„Ich weiß ganz genau, was hier los ist!“, gibt Lex zurück. „Bray ist ein Verräter! Er ist schuld, er hat den Typ hier reingebracht!“

„Bray?“, wiederholt Amber ungläubig.

Lex hat die erste Etage erreicht und bleibt vor dem Laden stehen, in den sich Zoot geflüchtet hat. In dem Moment hat Bray ihn erreicht. Lex sieht ihn an, bemerkt, dass Ryan direkt hinter Bray ist, und sagt: „Wir nehmen uns zuerst den Loco-Spitzel vor. Dann schnappen wir uns den anderen Kerl und machen ihn fertig. Schnapp ihn dir, Ryan!“

Bray bleibt keine Zeit, um zu reagieren, da im gleichen Moment seine Arme nach hinten gerissen werden.

„Ihr versteht das falsch, ich wollte keinen von euch hintergehen!“, ruft er verzweifelt.

Fast gleichzeitig verpasst ihm Lex zwei kraftvolle Fausthiebe in den Magen, woraufhin Bray laut stöhnend zusammensackt.

„Das war erst der Anfang“, erklärt Lex und baut sich vor Bray auf. „Du Lügner!“

„Nein“, ertönt auf einmal Zoots Stimme hinter ihm. „Lass ihn sofort los! Wenn du kämpfen willst, dann kämpf mit mir!“

Von da an geht alles rasend schnell. Lex wirbelt herum und sieht, dass Zoot auf ihn zustürmt. Reflexartig reißt er seinen Schläger hoch und weicht seitlich aus. Er trifft Zoot so unglücklich, dass der mit großer Wucht gegen das Geländer rennt und die Balance verliert. Zoot stürzt vom ersten Stockwerk ins Erdgeschoss, wo er mit einem dumpfen Laut aufschlägt.

In der Mall herrscht völlige Stille. Niemand sagt ein Wort, niemand wagt es, auch nur einen Atemzug zu machen. Dann erst stößt Bray einen erstickten Schrei aus, reißt sich aus der Umklammerung des regelrecht erstarrten Ryan los und rennt nach unten ins Erdgeschoss.

Er kniet neben Zoot nieder, dessen Arme und Beine bizarr verrenkt sind, blickt nach oben zu den anderen, die ans Geländer getreten sind und ihn anstarren.

„Er ist tot“, bringt er schließlich heraus.

Trudy schleicht wie benommen zu Bray. Tränen laufen ihr übers Gesicht und sie schluchzt heftig. Bray legt schützend seinen Arm um sie.

„Ich hab's ihm gezeigt“, tönt Lex plötzlich. Er versucht wieder ganz der Alte zu sein, obwohl ihm der Schock über den Vorfall anzusehen ist. „Ich hab's ihm gezeigt! Mit mir legt sich besser keiner an.“

„Halt den Mund, Lex!“, herrscht Amber ihn an.

„Was willst du?“, erwidert er verärgert. „Ich hab euch gerettet, oder etwa nicht?“

„Du verstehst gar nichts“, schluchzt Trudy. „Er wollte keinem von uns was tun!“

„Was hat er dann hier gewollt?“

„Er war hier, weil er mich sehen wollte und sein Baby.“

Amber hebt überrascht ihre Augenbrauen. „*Sein* Baby?“

„Zoot ist ihr Vater“, erwidert Trudy mit tränenerstickter Stimme.

„Ich wollte ihn überreden“, erklärt Bray, „dass er die Locos verlässt und sich um Trudy und das Baby kümmert.“

„Und welche Rolle spielst du in dem Ganzen“, wundert sich Lex, „dass er ausgerechnet auf dich hören sollte?“

Bray sieht Lex wütend an. „Muss ich mich hier vor dir rechtfertigen? Vielleicht war Zoot einfach klüger als du und hat sinnvolle Ratschläge nicht immer abgewiesen!“

Ein neuer Boss

Das Schlimmste war, den toten Zoot aus der Mall zu bringen. Wir konnten ihn ja nicht einfach daliegen lassen. Er hat mir irgendwie Leid getan. Er sah auf einmal so zerbrechlich aus. Und so menschlich. Obwohl er die Stammesbemalung trug, konnte ich in ihm einen Moment lang nicht den Anführer der Locos sehen, sondern einfach nur einen Jungen in meinem Alter. Wenn es noch Schulen gegeben hätte, wären wir vielleicht sogar in die gleiche Klasse gegangen. Aber jetzt? Jetzt war aus ihm der Feind geworden. Ich glaube nicht, dass Lex ihn umbringen wollte, es war ein Unfall.

Zoot zu beerdigen war nicht so einfach, wie wir zunächst gedacht haben. Wir wollten auf dem Friedhof einen schönen Platz für ihn suchen. Aber dort hausen die Demon Dogs. Und selbst, wenn wir unbemerkt geblieben wären, hätten sie irgendwann das neue Grab entdeckt. Ich möchte gar nicht darüber nachdenken, was sie vielleicht mit dem toten Zoot angestellt hätten. Wir haben ihn schließlich zum Strand gebracht und auf einem brennenden Floß aufs offene Meer treiben lassen. Es war eine richtige Kriegerbestattung, wie es sich für einen Anführer eines Tribes gehört. Ich glaube, Zoot hätte es auch nicht anders gewollt. Ein Ende mit Stil.

Bray hat ihm sogar eine Grabrede gehalten. Wir waren ganz erstaunt – aber nun wissen wir auch warum ihm der Tod von Zoot so nahe ging. Zoot war Brays kleiner Bruder

Martin! Diese Offenbarung in Brays Rede hat mich absolut getroffen. Jetzt wird mir auch so manches klar! Bray stand immer zwischen den Stühlen. Einerseits wollte er in Zoots Nähe bleiben und auf ihn aufpassen. Andererseits wollte er mit Trudy hier – bei uns – in Sicherheit leben. Wie kann ich Bray in seiner Trauer nur helfen? Wenn er uns erklärt hätte, dass Zoot sein Bruder ist, dann wäre das hier bestimmt ganz anders gelaufen.

Während Amber an ihrem Tagebucheintrag arbeitet, sitzt Bray gedankenverloren auf einer Couch. Sein Blick ruht auf einem Punkt irgendwo in der Unendlichkeit.

„Bray?"

Er zuckt zusammen und sieht hoch. „Salene? Was gibt es?"

„Ich wollte dich etwas fragen, wenn du nichts dagegen hast! Es geht um Martin ...", sie sucht nach den richtigen Worten. „Ich meine ... Wieso ... wurde Zoot aus ihm?"

Bray seufzt leise, dann beginnt er, wie in Trance zu reden: „Martin war bei uns zu Hause das Nesthäkchen. Meine Eltern haben ihn abgöttisch geliebt, ihn überallhin mitgenommen ... Sie haben immer gelacht und miteinander gespielt. Die drei waren unzertrennlich. Und dann, als der Virus ausbrach und sie gestorben sind ..., da war er so wütend, so verbittert ..."

Er bricht ab, und einen Moment lang glaubt Salene, er würde nicht weiterreden.

„Du wirst es nicht glauben", sagt er dann plötzlich. „Aber Martin war eigentlich sehr sanftmütig. Ich musste ihn beschützen, als er in die Schule kam, du weißt schon, vor den Großmäulern, vor den Schlägern. Nur letzte Nacht war ich nicht für ihn da."

„Oh, Bray", erwidert Salene mitfühlend. „Das ist doch nicht deine Schuld gewesen!"

Er schüttelt nachdrücklich den Kopf: „Er wär noch am Leben, wenn ich ihn nicht hergebracht hätte."

„Aber du wolltest doch, dass er und Trudy wieder zusammenkommen. Und du wolltest, dass er sich um sein Kind kümmert. Du kannst nichts dafür, Bray. Du hast versucht zu helfen!"

„Es wäre besser gewesen, ich hätte mich nicht eingemischt."

Jetzt schüttelt Salene entrüstet den Kopf. „Nein, Bray, das stimmt nicht. Du hast getan, was du tun musstest. Ich glaube, du würdest dir mindestens so große Vorwürfe machen, wenn du es nicht versucht hättest."

Bray zuckt mit den Schultern und wendet sich ab. „Tut mir Leid, Salene, aber ich möchte im Moment lieber allein sein."

„Verstehe", entgegnet sie, drückt einmal kurz seine Schulter und geht.

Es ist buchstäblich zum Kotzen. Die ganze Mall verkommt von Tag zu Tag mehr, weil niemand daran interessiert ist, sich an den Dienstplan zu halten, den ich aufgestellt haben. Nur weil sich die Herren zu fein sind, das Geschirr zu spülen und den Abfall zu entsorgen. Hier macht jeder nur noch, was er will. Ich überlebe doch nicht den Virus und gehe dann an einer Lebensmittelvergiftung ein! Außerdem brauchen wir dringend frisches Gemüse und Obst. So etwas muss organisiert werden! Aber wie soll das möglich sein, wenn Machos wie Lex anfangen, von Hausfrauenarbeit zu reden.

Klar, die Zivilisation, wie wir sie kennen, gibt es wohl nicht mehr. Das ist jedoch kein Grund, wieder ins Mittelalter zurückzufallen. Wir können nicht ewig nur diesen Fertigmist essen. Ich werde das nicht länger mitmachen! Inzwischen bin ich zu so was wie einer Anführerin geworden ... na ja, nicht für alle. Lex passt das sowieso nicht. Aber ich habe keinen Bock mehr darauf. Wir müssen einen Anführer wählen, dann kann auch niemand mehr etwas dagegen sagen, was derjenige (oder diejenige) bestimmt.

Ein anderes Problem ist die Ehrlichkeit in unserer Gruppe. Bray hat uns nichts von Zoots wahrer Identität gesagt, was ich nicht für richtig halte. Aber zur gleichen Zeit haben wir drei unter uns, die viel jünger sind als Bray und die uns etwas verheimlicht haben, was für mich noch schlimmer ist. Jack hat uns verheimlicht, dass er über einen ganzen Schrank voller Lebensmittel verfügt. Herausgekommen ist das alles nur durch eine Pokerpartie von Patsy, Paul und Ryan. Bei der haben sich die beiden Kleinen verraten, weil sie Jacks Lebensmittel als Wetteinsatz genommen haben. Es ist schon ärgerlich genug, dass es Jack nichts ausmacht, uns alle hungern zu lassen. Aber dass die anderen auch noch auf die Idee kommen, ihn zu erpressen, um von seinen Vorräten zu profitieren, das hat mich doch sehr getroffen. Er wird vor Gericht gestellt werden. Wenn er das nicht will, muss er freiwillig die Mall verlassen. Auf jeden Fall akzeptiert niemand von uns, dass er Lebensmittel hortet. Was wird wohl mit ihm geschehen?

Bray hat die Locos ausspioniert und herausgefunden, dass jetzt offenbar Ebony das Sagen hat. Die Locos werden sich sicher schon denken, dass Zoot etwas zugestoßen ist. Ich fürchte mich nur vor ihrer Rache. Eigentlich könnten wir ihnen Lex ausliefern, damit wären wir ihn auch los. Er hat schließlich auch mit dem Tod von Zoot zu tun gehabt. Aber hätte nicht jeder von uns so reagiert, wenn er plötzlich einem Loco gegenübergestanden hätte? Und dann auch noch Zoot persönlich?

Trudy verhält sich seit der Geburt ihrer Tochter sehr merkwürdig. Sie weint häufig und ist immer traurig. Vielleicht liegt es daran, dass der Vater ihres Kindes tot ist. Oder daran, dass sie es auf Bray abgesehen hat und er kein Interesse zeigt. Das einzig Erfreuliche, was ich in mein Tagebuch schreiben kann, ist die Tatsache, dass Dal angefangen hat, für Trudys Baby einen Kinderwagen zu bauen. Wenigstens denkt er nicht nur an sich.

„Aber wir können doch jetzt nicht einfach im Haushalt überhaupt nichts mehr machen! Wohin soll denn das führen?", beschwert sich Bray, als Amber ihm eröffnet hat, sich um nichts mehr zu kümmern.

„Dann verrat mir doch mal, wie hier alle zum Anpacken gebracht werden sollen, wenn es keinen kümmert, dass ich einen Dienstplan aufstelle?", entgegnet Amber.

„Disziplin ist das Wichtigste!", mischt sich Lex ein, erntet von Amber jedoch nur ein spöttisches Lächeln. „Ja, wir brauchen einen Anführer, der sich durchsetzt", fährt er fort.

„Jetzt bin ich aber gespannt, wer das wohl sein soll", meint Amber.

„Hier gibt's nur einen Mann für den Job", tönt Lex und sieht sich um, ob ihn jemand herausfordern will.

„Dazu haben wir auch was zu sagen! Das ist doch wohl klar!", wendet Amber ein. „Und ich weiß auch, wie wir das lösen. Wir werden demokratisch wählen! Möge der Bessere gewinnen. ... Also wählen wir heute Abend um sechs!"

„Hm", macht Lex nur, während sich Amber zurückzieht. Dal folgt ihr.

„Amber, warum machst du das?“, will er wissen. „Du weißt doch, dass Lex nicht gewinnen wird. Ich werde sowieso für dich stimmen, und die Mädchen auch. Und sicher auch Bray.“

Sie schüttelt langsam den Kopf. „Ich möchte, dass Lex gewinnt.“

Dal reißt die Augen auf. „Was?“

„Ja, du hast richtig gehört, Dal“, fährt sie fort. „Lex soll gewinnen. Ich werde das auch den anderen sagen.“

„Aber warum denn? Das ist doch verrückt. Lex wird doch größenwahnsinnig, wenn er hier was zu sagen hat!“

„Nein, eher das Gegenteil. Ich glaube nicht, dass wir uns sehr lang mit ihm rumschlagen müssen. Der Job wird ihn bald langweilen. Wenn ich gewinne, muss ich mich ewig mit Lex rumärgern, bis er endlich dran ist. Wenn er gewinnt, dann verliert er mit Sicherheit bald das Interesse.“

„Bist du sicher? Warum lässt du dich dann überhaupt aufstellen?“

„Ich will nicht, dass er meint, ich würde mich vor ihm fürchten. Er soll ruhig um Längen siegen, umso schlimmer wird es dann, wenn seine Anhänger nicht das machen, was er will.“

„Hoffentlich irrst du dich nicht und machst einem kleinen Diktator den Weg frei“, sagt Dal und sieht sie skeptisch an.

Lex hat es geschafft, er hat jetzt das Sagen. Ich glaube, seine Freude über den Sieg war wohl mehr Schadenfreude über meine Niederlage. Wenn er wüsste! Das Erste, was er gemacht hat, war eine Neuverteilung der Aufgaben. Wir Mädchen haben jetzt tatsächlich alle typischen Hausfrauentätigkeiten aufgebrummt bekommen. Lex hat überhaupt nicht verstanden, worauf es eigentlich ankommt. Wir ha-

ben uns schon abgesprochen und werden mit einem Streik reagieren. Früher oder später wird er zur Besinnung kommen.

Jacks Gerichtsverhandlung liegt auch hinter uns. Das war eine totale Farce. Lex hat es geschafft, die Stimmung so zu beeinflussen, dass Jack von den Vorwürfen freigesprochen worden ist. Ich habe das Gefühl, Jack weiß irgendetwas über Lex. Damit hat er ihn so in der Hand, dass Lex ihn nicht einfach auf die Straße setzen konnte. Wenn wir dahinter kommen, was das ist, dann war er ohnehin die längste Zeit der Boss in unserer Mall!

Spuk in der Tiefgarage

Früh am Morgen reißt ein unheimliches, röhrendes Geräusch die Bewohner der Mall aus dem Schlaf.

„Was ist da los?", ruft Jack, der sofort hellwach ist.

„Das ist Zoots Geist!", flüstert Patsy und zieht die Decke über ihren Kopf.

„Blödsinn, Patsy", entgegnet Amber noch ein wenig verschlafen. „Es gibt keine Geister!"

Dal lauscht aufmerksam. Da war das Geräusch wieder. „Also das ist auf jeden Fall irgendwas Lebendiges! Anscheinend unten in der Kanalisation."

„Lang ist das Ding nicht mehr lebendig!", zischt Lex und stürmt zur Treppe. „Ryan, steck die Mädchen in den Käfig!"

Amber dreht sich zu ihm um: „Was war das?!"

„Ihr geht in die Küche, schnappt euch irgendwas, das ihr als Waffe gebrauchen könnt", gibt Lex ungehalten zurück. „Ich checke mit meiner Truppe die Lage ab."

Dal und Jack sehen sich verdutzt an. „Ich ... ich glaub, er meint uns!", sagt Jack überrascht.

Während Lex mit den anderen nach unten stürmt, überzeugt Amber die anderen: „Wir bauen am besten hier oben an der Treppe eine Barrikade. Wenn einer reinkommt, sind wir wenigstens im Vorteil."

Ryan geht voran und öffnet das Bodengitter, durch das sie in die Kanalisation gelangen. Das Geräusch ist wieder zu hören, aber es dringt eindeutig nicht aus dem Schacht.

„Das kommt aus dem Treppenhaus“, meint Jack.

„Dann ist was in der Tiefgarage“, überlegt Dal.

Ryan schließt leise das Gitter und folgt den anderen zur Tür, die ins Treppenhaus führt.

„Klingt nach einem Tier“, meint er, als Dal die Tür öffnet. „Aber wohl keins, das ich kenne.“

„Wahrscheinlich mutiert oder so“, meint Dal. „Ihr wisst schon, durch den Virus.“

„Vielleicht sollten wir es da draußen lassen, egal was es ist“, gibt Jack zu bedenken.

„Damit es die Locos oder die Demon Dogs oder sonst wen herlockt?“, fragt Lex ungläubig.

„Ja, sollen die doch damit fertig werden!“, meint Ryan abfällig.

„Und wenn sie rauskriegen, dass wir hier in der Mall leben?“, wirft Lex ein. „Bis jetzt haben die keine Ahnung, dass wir hier sind. Und so soll's auch bleiben.“

„Vielleicht haut's von allein ab“, überlegt Dal.

Lex hat als Erster das untere Ende des Treppenhauses erreicht. „Vielleicht kommt's aber auch wieder ... oder es liegt draußen und wartet auf den Ersten, der rausgeht, und schnappt plötzlich zu.“

„Himmel, wer hat bloß dafür gesorgt, dass ich mit solchen Feiglingen gestraft bin?“, beschwert sich Lex und geht an allen vorbei, um die Tür zu öffnen. Bis auf den Lichtschein einer Taschenlampe ist in der Tiefgarage alles dunkel. Er schließt die Augen und lauscht intensiv auf die Geräusche. Nachdem ein weiterer dieser Furcht einflößenden Laute zu hören war, nimmt er eine leise Stimme wahr, die ihm bekannt vorkommt.

„Komm schon! Komm schon, Bluebell, bitte! Die können dich hören, die kommen her!“ Das ist zweifellos Cloe. „Oh,

Bluebell, bitte! Die dürfen dich hier nicht finden, verstehst du?!“

Wieder ertönt das Geräusch, und mit einem Mal ist Lex klar, um was es sich handelt.

Er muss kichern, während Ryan trocken feststellt: „Klingt nach 'ner Kuh!“

„Klingt nicht nur so, das *ist* 'ne Kuh!“, gibt Lex zurück. „Ihr wisst, was das bedeutet?“

„Fleisch!“, sagt Ryan fasziniert.

„Ja, Alter“, meint Lex. „Fleisch am Stück, Hamburger zum Frühstück.“

„Was ist das?“, fragt Jack, als er wie zuvor Lex eine leise Stimme wahrnimmt.

„Ich glaube, das ist Cloe“, antwortet Lex.

„Cloe?“, wiederholen die anderen verwundert.

Lex nickt und richtet die Taschenlampe auf den Weg vor ihnen. „Kommt!“

Sie schleichen um ein paar Autowracks herum in die Richtung, aus der die Kuhlaute und Cloes Stimme kommen. Als sich in der Dunkelheit Schatten abzeichnen, hebt Lex die Taschenlampe und leuchtet Cloe, die sich schützend vor ein Kalb gestellt hat, mitten ins Gesicht.

„Nein! Nein!“, ruft sie aufgebracht. „Geht wieder weg, verschwindet! Lauf, Bluebell, lauf, renn weg!“

Sie versucht, das irritierte und geblendete Kalb dazu zu bewegen, die Flucht zu ergreifen, doch stattdessen macht es ein paar unbeholfene Schritte auf die Gruppe zu. Die Jungs weichen instinktiv vor dem Tier zurück, das die Flucht ergreift. Doch Ryan fasst das Seil des Kalbs und zieht es zurück.

„Bitte, tut ihr nichts, sie ist meine Freundin!“, bettelt Cloe.

„Sorry", erwidert Lex, „aber das hier ist Essen für 'ne ganze Woche!"

„Nein!", sagt Cloe trotzig. „Ich habe Bluebell gefunden, ich will das nicht? Ich will nicht, dass ihr Bluebell esst! Sie ... sie kann uns Milch geben, ganz viel Milch!"

Lex horcht auf. „Milch? Keine schlechte Idee."

„Wir können sie im Park grasen lassen, da ist genug Gras", meint Jack.

Einen Moment lang überlegt Lex: „Okay, wir behalten sie."

„Oh, Lex, danke", ruft Cloe erleichtert und wirft sich ihm um den Hals. „Vielen, vielen Dank!"

Lex löst sich aus ihrer Umarmung und macht einen verlegenen Eindruck.

„Lass das!", fährt er Cloe an. „Also gut", fügt er sanfter hinzu. „Wir brauchen eine extra Wasserration für das Kalb, und einer muss es jeden Tag zum Grasen führen. Wer sich darum kümmert, macht ihr unter euch aus. Ich will davon nichts hören. So, und jetzt bringt einer von euch die Kuh in den Park, die anderen kehren zurück in die Mall. Du auch, Cloe."

Rettung in der Not

Ich liebe es, wenn ein Plan funktioniert. Unsere Verweigerungshaltung hat die Jungs völlig genervt. Sie wollten zwar selbst kochen und backen, aber das Ergebnis hat ziemlich übel gerochen. Zum Schluss hat uns auch noch der Zufall geholfen: Der Wassertank war leer, und Lex wollte, dass wir zum Fluss gehen und Wasser holen. Wir haben uns natürlich geweigert. Danach haben wir als Erstes Ryan bestochen, indem wir ihm versprochen haben, dass er von der Pastete etwas abbekommt, wenn er Wasser für die Soße beschafft. Lex war am Ende der Einzige, der hungrig zu Bett gegangen ist.

Salene ist sauer, weil Trudy ihr Kind zurückhaben will. Sie meint, dass Trudy sich damit nur Bray angeln will. In gewisser Weise stimmt das schon, weil es ihr zwischendurch gar nichts ausgemacht hat, ohne ihre Kleine zu sein. Zu allem Überfluss hat sie dem Kind den Namen Brady gegeben, eine Mischung aus Trudy und Bray! Trudy glaubt, dass sie ihn so für sich gewinnt.

Nachdem Dal, Jack und Ryan den defekten Wassertank repariert haben, hat Lex sich ganz schön blamiert. Solange der Tank leer sei und es nicht nach Regen aussehe, meinte er, könnten wir ja Milch trinken. Bloß hat die Sache einen Haken. Bluebell ist ein Kalb, und ein Kalb gibt nun mal noch keine Milch.

Danach wollte er uns auf die harte Tour kommen und Bluebell töten, damit wir wenigstens Fleisch haben. Ich bin ja froh, dass er es nicht durchgezogen hat. Jedoch glaube ich, dass es seinem Ego nicht besonders gut getan hat, Bluebell wegzujagen. Er behauptet zwar, die Locos hätten das Tier mitgenommen, aber das kann ich ihm nicht abkaufen. Das klingt für mich nach einer faulen Ausrede. Die Hauptsache ist, dass das Kalb lebt. Ich frage mich nur, wie Cloe das verkraftet. Sie hängt so sehr an dem Tier.

Ich hab Lex einen Handel vorgeschlagen. Er ist für die Verteidigung zuständig, ich kümmere mich um das, was täglich anfällt. Er tut so, als hätte er das als weiser Anführer selbst beschlossen. Ich lasse ihm lieber diese Illusion, um das Ergebnis nicht aufs Spiel zu setzen.

Meine Sorge wegen Cloe war berechtigt. Sie ist verschwunden. Lex, Bray und Ryan wollen nach ihr suchen.

„Hey, seht mal, wer da ist!", ruft Jack aufgeregt, als er Cloe sieht. Sie ist wie aus heiterem Himmel mitten in der Mall wieder aufgetaucht. „Cloe ist zurück!"

Sein Ruf ist noch nicht ganz verhallt, da stehen er, Ryan, Dal und Salene bereits bei Cloe und bombardieren die Kleine mit Fragen, während Bob begeistert bellt.

„Was ist geschehen?" – „Wo warst du?" – „Ist alles mit dir in Ordnung?" – „Wir haben uns solche Sorgen um dich gemacht!" Bray, Trudy und Amber treffen in der Mall ein. Niemand von ihnen bemerkt die zierliche Gestalt, die sich bislang im Hintergrund gehalten hat und nun hervortritt.

„Seid doch mal ruhig", ruft Cloe in die Runde „Ich möchte euch jemanden vorstellen."

Das fremde Mädchen kommt ein paar Schritte auf die Gruppe zu und deutet eine Verbeugung an, als sie die anderen begrüßt. Mit ihren Schlitzaugen strahlt sie alle freundlich an. Sie muss Asiatin sein: Die Augen, das dunkle Haar, alles deutet darauf hin.

„Sie hat mich vor den Locos gerettet", erklärt Cloe. „Ich war hingefallen und hatte mir wehgetan. Ich hätte nicht mehr vor den Locos weglaufen können, aber dann ist Tai-San aufgetaucht und hat mich vor ihnen gerettet."

„Danke", sagt Amber und ahmt die Verbeugung nach. „Das war sehr nett von dir, Tai-San."

„Ihr müsst euch nicht bei mir bedanken", wehrt sie ab. „Es war vorbestimmt! Das Schicksal hat mir aufgetragen, Cloe zu finden und zu retten."

„Ich hatte mich völlig verlaufen", erzählt Cloe weiter, aber Tai-San lächelt nur milde. „Wenn Menschen glauben, sie hätten sich verlaufen, hören sie manchmal nur nicht genau hin."

Amber überlegt, ob sie sich ernsthaft Gedanken über diese Bemerkung machen soll, entscheidet dann aber, sich lieber um Cloe zu kümmern.

„Du hast dir wehgetan?", fragt sie.

Cloe nickt. „Die Locos waren hinter mir her, ich bin hingefallen und hab mir den Fuß gebrochen."

„Er ist nicht gebrochen, nur verstaucht", erklärt Tai-San schnell. „Das wird schon wieder."

„Sie hat mich gerettet. Wenn sie nicht gewesen wäre, dann hätten mich die Locos gefangen."

„Was ist hier los?", schallt auf einmal Lex' Stimme durch die Mall. „Und wer ist das?" Er deutet auf Tai-San und mustert sie von oben bis unten.

„Sie hat uns Cloe zurückgebracht", ruft Amber zu ihm nach oben.

„Und wie bist du reingekommen?", fährt er ungehalten fort. „Jack, hast du die Alarmanlage immer noch nicht fertig? Was soll das? Willst du uns alle umbringen?"

Ehe Jack etwas erwidern kann, was sicherlich eine längere Diskussion nach sich gezogen hätte, wechselt Amber das Thema: „Ihr müsst doch einen riesigen Hunger haben, ihr beiden. Willkommen in der Mall."

„Tai-San", sagt Cloe und stellt sich zwischen sie und die Gruppe, „das sind meine Freunde." Sie macht eine kurze theatralische Pause. „Freunde, das ist Tai-San."

Die anderen nicken kurz und lächeln die Fremde an, während Lex Tai-San einen düsteren Blick zuwirft.

„Danke, dass ich hier willkommen bin", sagt Tai-San schüchtern.

„Hast du keine Angst gehabt, als es dunkel geworden ist?", will Dal von Cloe wissen.

„Nein, da konnte ich mich doch wenigstens vor den Locos verstecken", antwortet sie. „Aber wenn ich das Geheimnis schon gekannt hätte, hätte ich jederzeit nach Hause gefunden."

„Welches Geheimnis?", fragt Patsy verwundert.

„Na, das Zuhören! Tai-San hat's mir beigebracht", sagt sie begeistert.

‚Zuhören' – da war das Wort wieder. Amber ringt mit sich, ob sie jetzt etwas fragen soll, aber sie ist im Moment nicht in der Stimmung, sich eine Erklärung anzuhören. Sie dreht sich wieder Cloe zu.

„Wieso bist du überhaupt weggelaufen? Warst du so traurig wegen Bluebell?"

Cloe schüttelt den Kopf. „Nein, ich wollte sie nur in Sicherheit bringen. Aber dann ist sie mir weggelaufen."

„Lex? Hast du nicht gesagt, die Locos hätten dir Bluebell abgenommen?", fragt Amber verwundert.

„Ja, aber vielleicht haben sie das Biest laufen lassen", antwortet dieser unwirsch.

„Ja, so wird's gewesen sein", gibt Amber ironisch zurück. „Die sind plötzlich Vegetarier geworden!"

Die anderen lachen über die Bemerkung. Das Gelächter macht Lex wütend. Die ganze Geschichte ist ihm sehr peinlich, deshalb wechselt er rasch das Thema: „Bin ich eigentlich der Einzige, dem klar ist, dass wir ein verdammtes Problem mit der Sicherheit haben? Eine fremde Person taucht in der Mall auf, und wir laden sie zum Kaffeekränzchen ein! Kein Mensch wundert sich!"

Die anderen schweigen.

„Ich habe ein paar Fragen an dich, Tai-San, oder wie auch immer du dich nennst", redet er weiter. „Wer bist du, wo kommst du her und was willst du?" Mit einem bohrenden Blick wartet Lex auf eine ausführliche Antwort.

Tai-San reagiert lediglich mit einem verwirrend freundlichen Lächeln, und bevor Lex weiter nachfragen kann, wechselt erneut Amber das Thema: „Wir veranstalten 'ne Party für Cloe."

Sie sieht, dass Lex den Mund aufmacht, um zu protestieren. Ihr Blick, den sie ihm daraufhin zuwirft, lässt ihn wenigstens für den Augenblick verstummen.

Wo ist Bray?

Die Party für Cloe war ein riesiger Erfolg. Zwar haben wir Tai-San weiterhin mit Misstrauen beobachtet, denn die komische Geschichte mit dem Schicksal und die Rettungsaktion halte ich noch immer für sehr zweifelhaft. Aber eins kann Tai-San: die Menschen motivieren. Auch wenn ihr keiner recht glauben mag – hauptsächlich die Jungs nicht – so kann sie doch positive Stimmung verbreiten. Sie hat uns alle dazugebracht, darüber nachzudenken, warum unser Tribe noch keinen Namen hat. Ein Name würde mehr über uns aussagen und uns auch aneinander binden.

Inzwischen haben wir uns wirklich einen schönen Namen ausgesucht: Mall Rats. Ratten sind hochintelligente Tiere, die in einer sozial gut ausgebauten Gesellschaft leben. In Gefahr können sie sich so immer wieder gegenseitig helfen. Und so verstehen auch wir unser Zusammenleben – sozial und aufeinander vertrauend. Zumindest ist das so, wenn nicht gerade einer gegen unsere Richtlinien verstößt. Der Name ‚Mall Rats' ist übrigens Lex eingefallen. Manchmal hat er ziemlich gute Ideen. Wir haben die Namensgebung richtig zelebriert. Das war schon ein komisches Gefühl. Alle standen in einem Kreis, hielten sich an den Händen und gelobten, sich als eine Einheit, eine Gemeinschaft von Brüdern und Schwestern zu empfinden.

Mit Trudy haben wir allerdings eine ziemlich anstrengende Schwester. Ich habe es kommen sehen. Sie hat sich so vernünftig angehört, als sie mit mir neulich über ihr angeb-

lich so erwachsenes Verhältnis zu Bray gesprochen hat. Als er und Salene sich jedoch auf der Party geküsst haben, wusste ich, dass Trudy ausrasten würde. Sie hat Salene geschlagen und sich dann so heftig mit Bray gestritten, dass er die Mall verlassen hat. Trudy ist überzeugt, dass er nicht zurückkehren wird. Ich bin mir da allerdings nicht so sicher.

Der Kuss zwischen Bray und Salene muss wohl bei so ziemlich allen die Hormone in Aufruhr versetzt haben.

Zandra hat versucht, Lex näher zu kommen. Der hat jedoch gleich gemeint, sie wollte mit ihm ins Bett. Als er gemerkt hat, dass er sich gründlich geirrt hatte, wollte er sich erst recht auf sie stürzen. Männer! Typisch! Na ja, das sollte ich vielleicht nicht sagen. Typisch Lex, das ist besser! Ich glaube, er kann sich noch so sehr anstrengen, dieses altmodische Rollendenken wird er nicht los.

Ryan hat endlich Zandra seine Liebe zu ihr gestanden. Doch er hat bei ihr keine Chance. Zandra hat nichts Besseres im Sinn, als groß zu verkünden, sie wolle Lex heiraten. Sie meint, Tai-Sans Worte hätten ihr die Augen geöffnet. Ich weiß nicht, was sie ihr genau gesagt hat, aber ich schätze, Zandra hat irgendeine dieser fernöstlichen Weisheiten falsch verstanden. Jedenfalls hat Lex Ja gesagt, und Tai-San soll die beiden trauen. Ich frage mich, ob Lex diesmal ohne Hintergedanken gehandelt hat ... Garantiert nicht! Liebe ist es jedenfalls nicht, was er für Zandra empfindet.

Tai-San hat vorgeschlagen, für die jüngeren Mall Rats eine Art Schule einzurichten. Der Gedanke ist eigentlich ganz gut, aber ihr Optimismus ist manchmal eine Spur zu dick aufgetragen. Die Kleinen interessiert es einfach nicht, Rechnen oder Rechtschreibung zu lernen. Wenn ich es recht überlege, dann stehe ich vor der Frage, was es ihnen bringen würde, diese Dinge zu beherrschen. Vielleicht ha-

ben wir durch den Virus die Chance bekommen, aus einem Kreislauf auszubrechen und endlich wieder unsere Sinne zu benutzen und wahrzunehmen. Wenn wir lernen, mehr unseren Instinkten zu vertrauen, anstatt nur danach zu gehen, was wir gelernt haben, könnte das für diese neue Welt vielleicht viel nützlicher sein.

Eine große Sorge lässt mich nicht zur Ruhe kommen: Wo ist Bray?

„Früher oder später wirst du mir schon sagen, wo Zoot ist", flüstert Ebony Bray ins Ohr. „Und jetzt schlaf schön."

Sie geht einen Schritt zurück und betrachtet Bray im Schein des Lagerfeuers. Er ist jetzt schon seit Stunden dort angebunden. Wenn sie sich für die Nacht zurückziehen wird, dann wird er ihren Locos schutzlos ausgeliefert sein.

Sie weiß, dass er sich dessen bewusst ist. Trotzdem gibt er keinen Laut von sich. Weder verrät er, was sie wissen will, noch fleht er sie an, ihn loszubinden. ‚Ein richtig harter Kerl', denkt sie. ‚Soll er doch den Helden spielen!' Ebony lässt Bray allein.

Er steht da, gefesselt, die Augen verbunden, und überlegt, was er als Nächstes machen soll. Wenn er Ebony verrät, dass Zoot tot ist, läuft er Gefahr, Zielscheibe ihrer Wut zu werden. Das würde jedoch ebenso der Fall sein, wenn er weiterhin so beharrlich schweigt. Ihre Geduld ist nicht grenzenlos. So viel ist ihm klar.

Plötzlich merkt er, dass seine Fesseln gelockert werden. Sobald er seine Arme bewegen kann, nimmt er sofort seine Augenbinde ab. Doch sein Befreier hat sich schon in den Schutz der Dunkelheit zurückgezogen. Er sieht sich vorsichtig um, kann aber keinen der Locos entdecken, die ihn bewachen sollen.

Bray schleicht sich aus dem Lager der Locos und macht sich auf den Weg zurück zur Mall. Hin und wieder geht er in Deckung, weil er das Gefühl hat, dass ihn jemand verfolgt. Entdecken kann er aber niemanden, also läuft er weiter, bis er in die Mall zurückgekehrt ist.

Salene entdeckt ihn als Erste und ruft: „Bray! Wo warst du? Wir haben uns solche Sorgen gemacht …" Sie dreht sich zu den anderen um, die ein Stück hinter ihr im Kreis stehen. „Ich hab doch gesagt, er kommt wieder! Ich wusste es einfach."

„Was ist denn hier los?", fragt Bray überrascht.

„Du unterbrichst unsere Zeremonie", erwidert Tai-San.

„Lex und Zandra wollen nämlich heiraten", erklärt Amber.

„Heiraten? Wieso das denn?"

„Weil sie es wollen", sagt Tai-San knapp. „Würdest du jetzt bitte ruhig sein, damit wir fortfahren können?"

Bray verkneift sich jede weitere Frage.

„Komm in den Kreis", fordert Tai-San ihn auf. „Gebt euch jetzt alle die Hände. Wir verbinden unsere positiven Kräfte, um ein unterstützendes Energiefeld und gutes Feng Shui zu erzeugen. Atmet tief und konzentriert euch. Wir müssen unser Yin und Yang ins Gleichgewicht bringen! Zandra, komm zu deinem Ehemann."

Zandra tritt vor. Sie hat vor Aufregung gerötete Wangen, auf denen ihre Tribezeichen prangen. In dem Moment schrillt die Alarmanlage los.

„Ich dachte, du hättest das repariert", beschwert sich Lex bei Jack.

„Hab ich auch!", entgegnet dieser nervös.

Zandra, die zur Treppe blickt, schreit plötzlich auf und zeigt in eine Ecke der Mall. „Seht doch! Da … Ebony!"

Ich frage mich, wer stärker unter Schock stand – die Mall Rats, weil sie Ebony vor sich sahen und befürchten mussten, jeden Augenblick von den Locos angegriffen zu werden, oder Ebony, die wohl nicht damit gerechnet hatte, einem ganzen Tribe zu begegnen, als sie Bray gefolgt war.

Bob, unser Golden Retriever, tauchte hinter Ebony auf und knurrte sie an, als sie gerade den Rückzug antreten wollte. Also rannte sie kurzerhand in unsere Richtung, um dann die Treppe nach oben zu stürmen. Woher sollte sie auch wissen, dass dort oben kein Ausgang ist?

Ebony zu fangen war ein Kinderspiel. Leider war es auch ein Kinderspiel für Ebony, sich wieder zu befreien. Nachdem wir sie in unseren Käfig, dem ausgedienten Lastenaufzug der Mall, gesteckt hatten, konnten wir sie gefahrlos ausfragen. Sie war Bray gefolgt, weil sie auf der Suche nach Zoot war. Ich hätte wissen müssen, dass es ein Fehler war, Ebony mit Lex allein zu lassen. Seit wir sie eingesperrt hatten lieferte er sich ständig Wortgefechte mit ihr. Ich weiß nicht genau, wie sie es angestellt hat. Auf jeden Fall war Ebony heute Morgen weg, und an ihrer Stelle saß Lex im Käfig. Ich will es gar nicht wissen, sonst würde ich mich nur noch mehr darüber ärgern, wie naiv Lex doch eigentlich ist. Wie naiv und wie riskant für uns alle!

Allerdings weiß ich nicht, wer für uns das größere Risiko darstellt: Lex, dem man so leicht etwas vormachen kann, oder Bray, der ausgesprochen geschickt darin ist, Dinge für sich zu behalten. Zum Beispiel, warum er jetzt schon wieder aus der Mall verschwunden ist.

Das Treffen der Tribes

Eigentlich wollte ich ja dieses Tagebuch regelmäßig führen, aber ich habe es in der letzten Zeit unheimlich vernachlässigt. Daten sind bedeutungslos geworden, darum weiß ich nicht, wann ich zum letzten Mal etwas eingetragen habe. Ich muss einfach versuchen, die Ereignisse der letzten Wochen zu ordnen, ohne etwas zu vergessen oder irgendwas durcheinander zu bringen.

Na, mal sehen. Ich glaube, nach diesem sonderbaren Waffenstillstand, den Bray mit Ebony ausgehandelt hat, erfuhr Bray von Salene, dass sie ihn liebt. Ich weiß davon, weil Bray mich um Rat gefragt hat, wie er sich verhalten sollte. Was hätte ich schon machen sollen? Ich will nicht behaupten, dass ich scharf auf ihn bin, aber ich hätte mir vorstellen können, dass zwischen uns mehr sein könnte. Das konnte ich natürlich nicht sagen, weil es sonst so ausgesehen hätte, als wollte ich ihn Salene abspenstig machen. Apropos abspenstig machen: Nachdem die Hochzeit von Lex und Zandra durch Ebonys Auftauchen vereitelt worden ist und Lex dann auch noch im Käfig gesteckt ist, hat Zandra ihn erst einmal abserviert. Ich glaube, er hat etwas mit Tai-San angefangen, aber ich werde mich raushalten. Wenn ich ihr etwas sage, wird sie sowieso erwidern, dass es vorbestimmt ist. Wenn es ihre Bestimmung ist, in seinem Bett zu landen, dann kann ich wohl nicht viel machen. Aber schließlich hat sich Lex am Riemen gerissen, Tai-San abserviert und damit Zandra für sich zurückgewonnen.

Trudy ist es ganz schlecht ergangen. Sie war ja von Anfang an nie bester Laune gewesen, aber ihre Depressionen sind so groß geworden, dass sie keinen anderen Ausweg gesehen hat, als eine Überdosis Tabletten zu nehmen. Wenn Bray nichts unternommen hätte, dann wäre sie sicher gestorben. Ich mit meiner großen Klappe habe danach Bray indirekt die Schuld gegeben, dass es so weit gekommen ist. Und wie hat er darauf reagiert? Er ist wie immer abgehauen, zwischendurch aber wieder aufgetaucht. Ich habe längst aufgehört mitzuzählen, wie oft er schon die Mall verlassen hat.

Die Schuld hätte ich allerdings Salene geben müssen, weil sie Trudy beim Einnehmen der Überdosis gesehen hat. Sie hat sie einfach liegen lassen und die kleine Brady an sich genommen. Es liest sich bestimmt herzlos, aber vielleicht hat Salene genau das Richtige getan. Es heißt, dass jeder Selbstmordversuch ein Hilferuf ist, weil ein Mensch nicht mehr mit seiner Situation zurechtkommt. Aber eigentlich sollte man dann annehmen, dass jemand, der einen solchen Versuch hinter sich hat, auch froh ist, dass man ihm schließlich doch noch geholfen hat. Trudy hat mir aber vorgeworfen, ich hätte Gott gespielt, weil ich über Tod oder Leben entschieden habe.

Ich wollte mich nicht mit ihr auf eine Diskussion einlassen. Eigentlich hat sie ja vor mir Gott gespielt, als sie ihr Leben beenden wollte. Mich wundert nicht, dass sie schließlich die Mall verlassen und ihr Baby zurückgelassen hat. Gewundert hat mich allerdings, dass sie mit Dal gegangen ist.

Nachtrag: Inzwischen ist Trudy wieder da. Sie hat es nicht ohne Brady ausgehalten. Himmel, wenn sie doch endlich wüsste, was sie eigentlich will! Dal ist nicht zurückgekehrt, er ist bei irgendeinem anderen Tribe geblieben, der ihn und Trudy aufgenommen hatte.

Damit sind die Mall Rats um ein Mitglied ärmer, aber wir haben auch einen Neuzugang: KC. Der hat sich sofort nützlich gemacht und unserem Genie Jack beim Bau einer Turbine geholfen, die uns Strom liefern soll. Allerdings fehlt noch irgendein Teil, darum läuft sie noch nicht. Manchmal bezweifle ich, dass die beiden es schaffen, sie in Gang zu bekommen.

„Ein Treffen der Tribes?", wiederholt Lex argwöhnisch. „Und was soll da so ablaufen?"

Bray zuckt mit den Schultern. „Laut Ebony treffen sich die Tribes, reden miteinander und handeln mit allen möglichen Waren. Alle Tribes werden da sein, das ist so eine Art Karneval oder Basar."

„Sagt Ebony", fügt Amber mit bissigem Unterton hinzu.

„Ja", entgegnet Bray genervt. „Aber wir sollten ihr vertrauen."

„Na, gut", meint Lex ironisch. „Was haben wir schon zu verlieren? Unser Leben vielleicht, aber sonst? Wir nehmen teil, aber wenn irgendetwas schief geht, beklagt euch nachher nicht bei mir."

„Da ... wäre noch was", meldet Bray.

„Und zwar?", fragt Amber gereizt.

„Ein Tanzwettbewerb!"

„Ein was?" Lex sieht ihn ungläubig an.

„Ein Tanzwettbewerb."

„Wäre was für Tai-San", überlegt Amber. „Sie gewinnt bestimmt."

„Was haben wir eigentlich anzubieten", will Lex wissen, „wenn da gehandelt werden soll? Ich glaube kaum, dass wir irgendwas haben, was die anderen interessieren könnte."

„Doch", entgegnet Bray. „Die Turbine, an der Jack arbeitet. Wenn wir den anderen Strom anbieten können, dann werden wir im Gegenzug so ziemlich alles bekommen."

Lex sieht ihn abschätzend an und nickt bedächtig. „Klingt gut."

Das Leben ist in letzter Zeit ein einziges Auf und Ab: Jack hat so lange an seiner Turbine gearbeitet, und jetzt funktioniert sie doch nicht, obwohl er gehofft hatte, dass wir so Strom bekommen könnten. Ich glaube, er ist sehr enttäuscht, immerhin hat er in den letzten Wochen so viel Arbeit damit gehabt. Aber er lässt es sich nicht anmerken.

Lex hat Zandra einen Heiratsantrag gemacht, und sie hat beschlossen, bei ihm einzuziehen. Er hat Zandra sogar einen Ring geschenkt. Was er damit wieder bezweckt? Vielleicht liebt er sie doch und ist endlich einmal ehrlich ... Bei ihm weiß man ja nie ...

Auf dem Treffen der Tribes geht es so zu, wie alle Mall Rats es erwartet haben. Jeder Tribe präsentiert voller Stolz seine Flagge und seine bunte Kriegsbemalung. Es ist ein farbiges Durcheinander aus wilden Outfits und noch wilderer Musik. Das Ganze erinnert an eine riesige Party.

„Lex, die beobachten uns", flüstert Zandra besorgt, als sie merkt, dass sich etliche Blicke auf sie richten.

„Kein Wunder", entgegnet er unruhig. „Wir fallen auch auf wie Leichenbestatter auf einer Hochzeit. Wir sehen schließlich viel zu normal aus."

„Da hinten ...", Jack deutet auf ein freies Fleckchen am Rand des Treffens. „Da können wir die Turbine aufbauen."

„Dann sollten wir das auch machen", sagt Bray rasch.

In dem Moment kommt KC angelaufen, der sich kurz nach der Ankunft auf dem Treffen von der Gruppe gelöst hat, um sich ein wenig umzusehen.

„Amber, Amber!", ruft er aufgeregt.

„Was ist denn los?", fragt sie besorgt.

„Ich habe Dal gesehen!", sagt er außer Atem.

„Dal? Was erzählst du da? Du kennst ihn gar nicht", erwidert Bray.

„Klar", gibt er trotzig zurück. „Ich habe ihn doch beobachtet, als er mit Trudy abgehauen ist. Aber er ist ein Sklave, er wird verkauft!"

„Ein Sklave!" Amber ist fassungslos.

Sie bahnt sich sofort einen Weg durch die Menschenmenge und sucht zwischen den Sklaven nach einem vertrauten Gesicht. Die Chance, Dal hier zu finden, ist nicht besonders groß, aber sie will es wenigstens versuchen. Möglicherweise ist er schon längst aus der Stadt gebracht worden, um auf irgendeinem Bauernhof auf dem Feld zu arbeiten. Sie schüttelt den Kopf, um diesen Gedanken loszuwerden.

„Amber. Schnell, hierher!", hört sie plötzlich Dals Stimme. Sie sieht zur Seite und entdeckt Dal an einen Truck gelehnt.

„Dal!", ruft Amber erleichtert. „Alles in Ordnung? Wohin bringen sie dich?

„Wir sind an die Locos verkauft worden."

„Wir?", fragt Amber. „Wer ist das?"

„Das ist Sasha", erwidert Dal und hebt den Arm, an dem sich die Handschelle befindet, durch die er mit Sasha verbunden ist.

„Seit wir uns kennen, sind wir unzertrennlich", meint Sasha und lächelt flüchtig.

„Haltet durch", sagt Amber so aufmunternd, wie es ihr in der Situation nur möglich ist. „Ich kriege euch hier raus."

Sie wendet sich von den beiden ab und will gehen. Doch da versperrt ihr Ebony den Weg, die von einem Loco mit beeindruckender Statur Rückendeckung erhält.

„Wenn du die Sklaven da haben willst", sagt Ebony beiläufig, „kommst du zu spät. Die hab ich mir ausgesucht."

„Du weißt, was ich will, Ebony."

„Natürlich", gibt sie frech zurück. „Und was bietest du für ihn?"

„Gar nichts", sagt Amber und bemüht sich, die Fassung zu bewahren. „Ich *bitte* dich, ihn wieder freizulassen."

Ebony legt den Kopf ein wenig schräg und tut so, als würde es sie wirklich interessieren, was Amber zu sagen hat. „Warum sollte ich das tun?" fragt sie hochnäsig.

„Er ist mein Freund."

Sie hebt die Augenbrauen. „Ach so! Dann hast du im Prinzip doch nichts gegen Sklaverei. Die anderen kann ich also kriegen?"

„Das kann ich leider nicht verhindern", sagt Amber ärgerlich.

„Ja, da hast du vollkommen Recht", gibt Ebony zurück. „Und genauso wenig kannst du verhindern, dass ich ihn bekomme. Jetzt mach, dass du hier wegkommst!"

Mit diesen Worten dreht sich Ebony um und geht fort. Dal und Sasha sehen zu Amber, die nach kurzem Zögern hinter Ebony hereilt.

„Wir arbeiten für euch!", bietet sich Amber an, als sie Ebony eingeholt hat. „Nicht als Sklaven, aber um die Schulden zurückzuzahlen. Wir beschaffen Lebensmittel und holen Wasser, alles!"

„Du fängst an, mich zu nerven!“, zischt Ebony.

„Nenn mir deinen Preis“, fordert Amber.

„Würdest du mir mal verraten, was an diesem Dal so besonders ist? Kann er Breakdance?“

„Ich hab dir doch gesagt, dass er mein Freund ist“, wiederholt Amber. „Hast du keine Freunde?“

„So etwas wie Freundschaft gibt es nicht“, entgegnet sie bedrohlich leise. „Also verschwinde, kapiert!? Oder soll ich mir noch 'n paar von deinen Ratten schnappen?“ Amber sieht sie sprachlos an. „Du gehörst hier nicht her. Na los! Warum kriechst du nicht zurück in dein Liebesnest? Du musst ihm doch sicher noch den Rücken kraulen, oder nicht?“

Amber stutzt, dann glaubt sie zu verstehen: „Du meinst Bray? Bist du etwa eifersüchtig, Ebony?“

Ebony stößt ein abfälliges Lachen aus. „Glaubst du denn, dass du dann noch hier wärst? Sag mal, bist du so naiv, oder tust du nur so?“

Gerade will sie Amber erneut hinter sich zurücklassen, als Ryan angelaufen kommt. Sein Gesicht ist rot angelaufen.

„Ich habe hier was“, meint er atemlos. „Dafür kriegen wir Dal!“ Dann dreht er den Rucksack von Amber um und lässt Hunderte von gebündelten Banknoten auf die Erde fallen, bis sie einen richtigen Geldberg ergeben.

„Und was soll das sein?“, fragt Ebony irritiert.

„*Das* sind zehntausend Mäuse!“, verkündet Ryan stolz.

Einige Sekunden lang sieht Ebony ihn einfach nur ausdruckslos an, dann verzieht sie den Mund zu einem breiten Lächeln. Schließlich beginnt sie lauthals zu lachen, dass andere, die um sie herumstehen, mit einstimmen. Ryan grinst zunächst stolz, aber dann versteht er langsam, dass keiner der Umstehenden ihn ernst genommen hat.

„Du kannst nachzählen", bietet er ihr naiv an, „wenn du's nicht glaubst."

Ebony steigert sich zu einem Lachkrampf, während sie sich immer wieder bückt, um ein paar Bündeln zu nehmen und hoch in die Luft zu werfen. Ryan sieht dem Treiben ratlos zu.

„Das war gut gemeint, Ryan", sagt Amber schließlich beruhigend zu ihm. „Aber mit Geld kommt hier niemand weiter. Komm!"

„Und mein… mein Geld?"

„Sieh doch", erwidert Amber und deutet auf das Lagerfeuer. Es wird von einigen Locos mit den Banknoten neu entzündet. Die Menge, die darum steht, grölt vergnügt, als das Geld in Rauch aufgeht.

Ryan schüttelt verständnislos den Kopf. „Und ich habe so lange gebraucht, um das zusammenzubekommen."

„Ich kann es mir vorstellen", erwidert Amber und legt einen Arm auf seine Schultern, um ihn dann hinter sich herzuziehen.

Als sie zu den Mall Rats zurückkehrt, herrscht in der Gruppe große Aufregung.

„Was ist los?", fragt sie besorgt.

„Ein kleines Problem mit der Lichtmaschine", versucht Jack die Situation herunterzuspielen.

„Und zwar?", hakt sie unnachgiebig nach.

„Es fehlt auf einmal ein Teil, eine Kupferdrahtspule", erklärt er. „Ich dachte, ich krieg's hin, aber ich brauche Draht."

„Und was anderes geht nicht?", fragt Amber.

Bray schüttelt ernst den Kopf, sodass sich Jack die Antwort sparen kann. „Und jetzt?"

„Na, noch nicht fertig?", ruft einer der Locos, der mit einer kleinen Gruppe seines Tribes die Arbeiten der Mall Rats inspizieren kommt.

„Wir bauen noch auf", erwidert Bray ausweichend.

„Oh, aber ihr habt uns doch Strom versprochen, unbegrenzt viel Strom", sagt der Loco in einem vorgetäuscht mitfühlenden Tonfall. „Ihr habt noch genau zehn Minuten."

„Und wenn wir bis dahin nicht fertig sind?", fragt Lex.

„Wenn ihr nichts zum Tauschen habt, dann haltet ihr euch hier widerrechtlich auf. Wir werden uns dann gut um euch kümmern."

Lex sieht zu Jack, der deprimiert den Kopf schüttelt. Ganz gleich, was kommen wird, die Turbine wird nicht in zehn Minuten einsatzbereit sein.

Die Gruppe Locos zieht weiter. „Wir kommen wieder", meint der Boss der Gruppe und lächelt erwartungsvoll.

„Und jetzt?", fragt Jack die anderen.

„Jetzt ist es aus. Wir werden hier nicht lebend rauskommen", sagt Lex. Aber dann kommt ihm eine Idee.

Ich hätte nicht gedacht, dass wir das Treffen lebend überstehen würden. Ich hatte gehofft, Ebony würde kapieren, was Freundschaft eigentlich bedeutet, als ich mich bereit erklärt hatte, mit Dal zu tauschen, falls wir beim Tanzwettbewerb verlieren. Aber der Schuss ging voll nach hinten los. Nachdem die Locos den Schiedsrichter so sehr unter Druck gesetzt hatten, dass der nicht Tai-San, sondern die Locos zum Sieger erklärte, wollte Ebony mich wirklich mitnehmen. Sicher, ich wäre ja auch mitgegangen, wenn sie dafür Dal freigelassen hätte. Ob das allerdings auch wirklich passiert wäre, weiß ich nicht. Zum Glück kam Lex auf die großartige Idee, eine Massenschlägerei vom Zaun zu brechen. Das verursachte ein solches Chaos, dass wir ent-

kommen konnten – mit Dal. Sasha ist übrigens auch mit uns gekommen, da er nach wie vor an Dal angekettet war. Wir sind jetzt wieder zurück in der Mall. Ich habe mich hier noch nie so sehr zu Hause gefühlt. Alle sind froh, dass sie den Ausflug überlebt haben.

Nur eins macht uns Sorgen. Paul ist verschwunden. Er muss uns irgendwann bei dem Treffen am Strand verloren gegangen sein. Bestimmt ist er in dem Durcheinander von uns getrennt worden und musste sich auf anderem Weg zurückschleichen. Ich hoffe nur, ihm ist nichts passiert. Aber bislang ist jeder von uns wieder aufgetaucht. Damit versuche ich auch Patsy zu trösten. Für sie ist die Trennung von ihrem Bruder das Schlimmste und sie hängt sich immer mehr an Cloe. Die beiden sind unzertrennlich, wie siamesische Zwillinge.

Unsere Flucht hat auch etwas Positives bewirkt. Lex und Zandra haben sich spontan zu einem Termin für ihre Hochzeit entschlossen.

Der letzte Erwachsene?

So viel ist passiert in den letzten Tagen, dass ich überhaupt keine Zeit mehr gefunden habe, mein Tagebuch auf dem neuesten Stand zu halten. Mal sehen. Also: Jack hat entdeckt, dass der Ring, den Zandra getragen hat, der Draht war, den er für seine Turbine gebraucht hat. Sie hat ihn ihm gegeben, und was keiner von uns wirklich geglaubt hätte: Die Turbine funktioniert, wir haben Strom! Strom! Ich konnte es überhaupt nicht fassen, als wir auf einmal die Lichter einschalten konnten! Es war so unglaublich aufregend.

Lex und Zandra haben ernst gemacht und wirklich geheiratet. Ich bin jedoch nach wie vor davon überzeugt, dass er dabei einen Hintergedanken hat. Hoffentlich irre ich mich. Aber ich würde mich nicht wundern, wenn ich Recht behalten sollte. Ich freue mich für die beiden, doch wenn ich mir Ryan so ansehe, dann weiß ich nicht, ob Zandra die richtige Entscheidung getroffen hat.

Aber was schreibe ich da überhaupt? Wieso mache ich mir Gedanken darüber, ob andere die richtige Entscheidung treffen? Ich weiß ja nicht einmal, ob ich das Richtige mache. Sasha, der mit Dal zu uns gekommen ist, hat mich für ein Picknick eingeladen, und ich habe Ja gesagt. Wir sind zum Strand gegangen, und ehe ich mich versehen habe, haben wir auch schon die Nacht zusammen verbracht. Ich weiß nicht, warum ich das getan habe, ich weiß nur, dass Sasha mir vorher hätte sagen sollen, dass er nicht bei uns bleiben wollte. Ich war eine Zeit lang fest davon überzeugt, dass ich die Mall Rats auch hinter mir lassen und mit ihm gehen könnte. Aber am Ende habe ich es dann nicht übers Herz gebracht. Das hier, die Mall, ist für mich genauso ein Zuhause geworden wie für die anderen Mall Rats. Ich fände es auch doof, wenn einer von den anderen weg gehen würde. Wahrscheinlich habe ich es deswegen nicht übers Herz gebracht. Sasha wollte auf keinen Fall bleiben. Vielleicht ist es besser so. Ich will nicht das Weibchen sein, das seinem geliebten Mann hinterherläuft. Nicht einmal, wenn es sich um jemanden wie Sasha handelt. Ich werde ihn sicher nicht vergessen.

Von Paul fehlt weiterhin jede Spur. Ich versuche mir vor den anderen nichts anmerken zu lassen, aber sein Verschwinden lässt mir keine Ruhe ...

Amber hat gerade ihr Tagebuch zugeklappt und unter der Matratze versteckt, als Jack hereinstürmt.

„Leute! Leute! Wacht auf! Na, macht schon!", ruft er außer sich. Amber ist als Einzige noch wach, alle anderen werden von seiner lauten Stimme aus dem Schlaf gerissen. Während sie sich aus den Betten quälen, läuft Jack nach unten und bleibt am Fuß der Treppe stehen. Er ruft immer wieder: „Steht auf! Beeilt euch!" Schließlich stehen die Mall Rats versammelt am Geländer der ersten Etage.

„Was ist los?", brüllt Lex. „Ein Überfall?"

„Ist ein Fremder hier?", will Amber wissen, die einen Augenblick lang die Hoffnung hat, Sasha sei zurückgekehrt.

„Nein, nein", erwidert Jack. „Ich habe tolle Neuigkeiten!"

„Das würde ich dir auch sehr empfehlen", knurrt Lex.

„Ich habe ...", beginnt er, muss aber erst noch einmal

Luft schnappen, ehe er weiterreden kann, „ich habe einen Mann gesehen! Einen erwachsenen Mann!"

„Wo?", fragen die anderen fast gleichzeitig.

„Mit der Überwachungskamera! Ich habe ihn auf Video."

„Ich glaube eher, du hast geträumt!", erwidert Lex ungehalten.

„Nein, Lex", beteuert er. „Ich habe ihn wirklich gesehen, wir müssen rausgehen und ihn suchen!"

„Na hör mal, Jack", unterbricht Bray ihn. „Es ist ein Uhr am Morgen, also mitten in der Nacht!"

„Aber wenn wir jetzt nicht rausgehen und ihn suchen, finden wir ihn nicht mehr! Leute, kommt schon!" Jack sieht die anderen der Reihe nach an.

„Wie wär's, wenn du uns zuerst das Video zeigst?", schlägt Dal gähnend vor. „Damit wir wissen, wonach wir überhaupt suchen sollen."

Jack zuckt mit den Schultern. „Bitte, wenn ihr unbedingt einen Beweis braucht, dann bekommt ihr eben einen Beweis", erwidert er und geht in den Raum, in dem der Monitor steht, auf den das Bild der Überwachungskamera übertragen wird. Er hält das Videoband an und lässt es ein Stück zurücklaufen. „Okay, sind alle da?"

„Außer Amber", sagt Bray. „Sie ist wieder ins Bett gegangen."

„Kluges Mädchen", meint Lex. „Wieso ist mir das nicht eingefallen?"

„Das wird ihr noch Leid tun", bemerkt Jack, erntet aber ein paar Lacher.

„Jack, lass endlich das Band laufen, ja?", bittet Zandra ihn.

„Okay. Also, Leute, seht euch das an, ein erwachsener Mann auf unserem Video."

Das Band läuft an und auf dem Monitor erscheint ein wackliges und verzerrtes Bild, das eine Gestalt von hinten zeigt, die an der Kamera vorbeigeht. Es kann sich um einen Erwachsenen handeln, damit hat Jack Recht. Aber es gibt nichts, was dagegenspricht, dass es sich um einen Teenager handelt. Vom Gesicht des Unbekannten ist nichts zu erkennen.

Lex gibt einen wütenden Laut von sich: „Ist das alles? Und deswegen hast du uns aus dem Bett gezerrt?"

„Okay, okay", räumt Jack ein und lacht nervös. „Die Wiedergabe war nicht besonders gut, ich habe ihn viel deutlicher gesehen."

„Vielleicht wolltest du ihn ja auch nur deutlicher sehen", meint Trudy giftig.

„Jack, du hast immer gehofft, dass mal jemand ...", beginnt Salene, wird aber von Zandra unterbrochen, die Jack vorwirft: „Du spielst doch ständig an deinem Funkgerät rum und versuchst Kontakt herzustellen. Und mit dem Radio willst du ständig irgendwelche Sender empfangen, die es nicht mehr gibt. Wahrscheinlich hat dich deine Fantasie so überwältigt, dass du einen Erwachsenen in dieser Gestalt gesehen hast!"

„Aber es ist keine Einbildung", wehrt sich Jack. „Das war ein richtiger, echter, lebendiger Mann!" Er sieht sich um. „Glaubt mir denn hier keiner?"

„Ich schon", meldet sich Patsy zu Wort, während die anderen sich abwenden, um wieder ins Bett zu gehen.

„Leute, hört doch zu! Kommt schon!", ruft Jack ihnen nach, aber niemand hört ihm noch zu. Niemand außer Patsy, die keinen Zweifel an seinen Worten zu haben scheint. „Patsy, ich bin nicht verrückt geworden, ich hab wirklich einen Mann gesehen! Ganz sicher!"

Als Patsy sich am folgenden Morgen mit Bob auf den Weg aus der Mall macht, nimmt niemand so richtig davon Notiz. Es gibt Streit, weil Bray angeblich bei sich Wasser gehortet hat, das er den anderen vorenthalten hat.

Patsy beginnt die Straßen und Gassen rund um die Mall abzusuchen, ob irgendwo der Mann von dem Video zu sehen ist.

„Mal sehen, ob wir den Mann finden", sagt Patsy zu Bob, der neben ihr hertrottet. „Wenn er heute Nacht hier rumgelaufen ist, hat er sich vielleicht irgendwo in einem Hauseingang schlafen gelegt. Vielleicht finden wir ihn ja, und dann bringen wir ihn zu den anderen, damit sie Jack glauben."

Plötzlich bleibt Bob stehen und schnüffelt.

„Was ist los?", fragt Patsy aufgeregt, „Hast du was gefunden?"

Bob dreht sich um und knurrt leise. Patsy weiß sofort, dass etwas nicht stimmt, und folgt seinem Blick. Ein alter Mann steht dicht hinter ihnen!

„H-hallo", sagt Patsy mutig. „Ich bin Patsy, und das ist Bob. Und wie heißt du?"

Gefahr droht

„Ich… ich muss was gestehen“, sagt KC plötzlich und beendet die hitzige Debatte zwischen Lex und Bray. Lex will Bray wegen des angeblich gestohlenen Wassers aus der Mall verstoßen. Aber Bray ist nicht bereit, aufgrund eines falschen Vorwurfs einfach zu gehen.

„Was?“, fragen Lex und Bray gleichzeitig.

„Ich habe das Wasser bei Bray deponiert“, spricht KC weiter. „Ich … Lex hat es mir aufgetragen.“

„Das glaube ich einfach nicht“, platzt es aus Amber hervor.

„Ich schon“, erwidert Bray. „Das ist genau sein Stil.“

„Ich werde dir …“, beginnt Lex, aber in dem Moment ruft Cloe: „Patsy!“

„Um Himmels willen, wo warst du?“, will Amber wissen und stürmt zwischen den beiden Streithähnen auf die Kleine zu. „Wir haben dich schon überall gesucht.“

„Ich möchte euch jemanden vorstellen“, sagt Patsy, dann dreht sie sich um und ruft: „Komm rein! Alles in Ordnung! Wieder zu den anderen gewandt erklärt sie: „Jack hatte Recht. Er hat einen Erwachsenen auf dem Bildschirm gesehen. Ich habe ihn gefunden.“

Der Fremde tritt aus dem Schatten des Seitengangs in das helle Licht, das durch das Glasdach in die Mall fällt.

„Hallo, allerseits“, sagt der alte Mann und sieht einige aus der Gruppe so an, als würde er sie wieder erkennen.

„Wer bist du?", fragt Lex und betrachtet den Fremden skeptisch.

„Lex! Dass ich dich wieder sehen würde", entgegnet der nur.

„Augenblick mal, woher kennst du meinen Namen?"

„Sag mal, erkennst du mich denn nicht? Ich bin's. Dein alter Kumpel Glenn."

„Glenn?", wiederholt Lex tonlos.

Der Fremde, der von sich behauptet, Glenn zu sein, setzt sich auf einen der Stühle, die gleich neben der Treppe stehen, und sackt in sich zusammen. Lex packt ihn an der Schulter und betrachtet ihn eindringlich. Glenn atmet schwer, seine Augen sind geschlossen, und er wirkt fast schon so, als sei er bewusstlos.

„Glenn?", wundert sich Zandra. „Das ist doch nicht Glenn."

„Wer soll er dann sein?", gibt Lex zurück, den ein unangenehmes Gefühl beschleicht.

„Er ist der Mann, den Jack auf dem Bildschirm entdeckt hat", verkündet Patsy volltönend, ohne sich dessen bewusst zu sein, in welche Gefahr sie die Mall Rats möglicherweise gebracht hat. Niemand nimmt Notiz von ihr.

KC nutzt die neue Situation dazu, sich klammheimlich zurückzuziehen.

„Irgendetwas stimmt hier nicht", murmelt Lex. „Seht ihn euch mal an. Er müsste genauso alt sein wie ich."

Niemand sagt ein Wort, da allen klar ist, was seine Worte bedeuten können.

„Er müsste sogar einen Monat jünger sein", sagt Zandra bestürzt.

„Keiner darf ihn berühren", ruft Amber sofort, und im gleichen Moment ziehen sie sich alle ein Stück von Glenn zurück. Lex, der ihn bereits berührt hat, springt auf und macht einen Schritt nach hinten.

„Warum nicht?“, fragt Patsy arglos. „Was hat er?“

Amber schluckt, dann antwortet sie: „Ich fürchte, es kommt nur eine Sache in Betracht …“

Sie will den Satz zu Ende führen, aber etwas hindert sie daran, das entscheidende Wort auszusprechen. Trudy erledigt das für sie: „Er hat sich infiziert.“

„Mein Gott!“, japst Salene.

Glenn bewegt sich ein wenig, hebt den Kopf und öffnet seine Augen einen Spalt breit. Er wirkt so, als würde die kleinste Bewegung für ihn eine immense Anstrengung bedeuten.

Die anderen stehen einige Meter von ihm entfernt. „Bist du infiziert?“, fragt Lex.

„Ich weiß es nicht“, erwidert Glenn schleppend. „Es ging mir plötzlich von einem Tag zum anderen schlecht. Das Ergebnis seht ihr ja.“

„Gibt's noch andere, denen es so geht wie dir?“, will Bray wissen.

„Ja, viele“, antwortet Glenn.

„Wieso bist du dann zu uns gekommen? Wolltest du uns absichtlich infizieren?“ Lex' Tonfall ist vorwurfsvoller, als er es beabsichtigt hat.

„Die Kleine hat mich förmlich darum gebeten“, sagt Glenn und lächelt schwach. „Weißt du, wie es ist, alleine herumzuwandern, Lex? Nirgends Essen zu finden; immer einsam zu sein … Was würdest du sagen, wenn dir dann jemand einen Unterschlupf anbietet? Nein danke, kein Bedarf?“

Er unterdrückt einen Niesreiz, trotzdem zucken die anderen um ihn herum zusammen.

Lex atmet heftig aus. „Er kann nicht hier bleiben."

„Wenn wir ihn vor die Tür setzen", gibt Amber zu bedenken, „bedeutet das für ihn den sicheren Tod."

„Und was ist mit uns?", hält Zandra ihr entgegen. „Sieh ihn dir doch an. Er könnte uns alle anstecken."

Jack murmelt verächtlich. „Tja, den Schlamassel haben wir Patsy zu verdanken."

„Du hast ihn entdeckt!", braust Patsy ungewohnt heftig auf. „Ich hab ihn nur gesucht, weil du ihn entdeckt hast und neugierig warst! Ich wollte das nicht! Ich wollte nicht, dass so was passiert!"

Amber stampft mit dem Fuß auf. „Jetzt hört endlich auf, euch gegenseitig die Schuld zuzuschieben! Er ist jetzt hier, und das ist das Einzige, womit wir uns befassen müssen."

„Was sollen wir nun tun?", überlegt Lex und geht unruhig hin und her. „Sollen wir ihn rausschmeißen oder darf er bleiben, was ein Risiko für uns alle wäre."

Bevor die anderen reagieren können, rennt Patsy fort, dicht gefolgt von Bob.

„Patsy!", schreit Cloe. „Wo willst du hin?"

Sie will ihr nachlaufen, aber Trudy hält sie zurück. „Nein, Cloe. Lass sie in Ruhe!"

„Aber sie ist meine Freundin!"

„Cloe", wendet Amber sich ihr ernst zu, „solange wir nicht wissen, ob es ansteckend ist, können wir nicht zulassen ..."

„Das ist mir egal!", fällt Cloe ihr ins Wort, reißt sich von Trudy los und läuft hinter Patsy her.

Lex sieht ihr nach, bis sie außer Sichtweite ist, dann fragt er in die Runde: „Irgendwelche Vorschläge?"

„Der Käfig", sagte Bray plötzlich. „Wir könnten ihn in den Käfig sperren."

„Was für ein Käfig ...?", fragt Glenn träge.

„Wir müssen dich leider isolieren, Glenn", erwidert Bray. „Es geht nicht anders."

„Na ja, solange ihr mich nicht wieder auf die Straße schickt", meint Glenn und erhebt sich langsam von seinem Stuhl. „Dann mal auf in den Käfig."

Glenn hat es sich auf der Couch im Käfig bequem gemacht. Lex hat sich für eine Weile zurückgezogen, um sich über die Situation Gedanken zu machen. Im Erdgeschoss stehen Amber, Bray, Jack, Dal, Trudy und Tai-San zusammen, als Salene und Ryan auf einmal mit einem lebenden Ferkel zurück in die Mall kommen. Amber nimmt das Tier zwar zur Kenntnis, aber weder sie noch die anderen sind in der Stimmung, nach der Herkunft des kleinen Schweins zu fragen. Salene und Ryan merken sofort, dass etwas nicht stimmt, und mit wenigen Sätzen sind sie auf dem Laufenden.

„Schöne Bescherung", meint Ryan und späht hinüber zum Käfig. „Und es ist wirklich Glenn?"

Zandra nickt hastig. So unruhig hat Ryan sie noch nie gesehen, nicht einmal als sie den Locos gegenüberstanden. Das macht ihm klar, dass die Situation wirklich ernst ist. „Wir müssen etwas unternehmen! Vielleicht haben wir uns schon angesteckt!", sagte sie dann.

Tai-San legt ihr beruhigend eine Hand auf die Schulter und erwidert: „Wir wissen doch nichts über den Virus. Also machen wir uns nicht verrückt."

„Tai-San hat Recht", stimmt Dal zu. „Selbst wenn er übertragbar wäre, wissen wir nicht wie. Es wäre schon hilfreich zu wissen, ob er durch direkten Kontakt oder über die Atemwege übertragen wird. Möglicherweise schlummert der Virus sogar längst in uns."

„Sag so etwas nicht!", schreit Zandra ihn an. „Sag das nie wieder!" Sie ist ganz außer sich.

„Vielleicht sehen wir das Ganze einfach nur zu dramatisch. Bisher wurden nur Erwachsene von der Krankheit heimgesucht", gibt Bray zu bedenken.

„Das ist eine dezente Untertreibung", bemerkt Amber und lächelt grimmig.

Dal blickt gedankenverloren zu Boden: „Der Virus könnte sich auch verändert haben und alle Altersgruppen treffen."

„Lex hatte Recht", sagt Zandra etwas gefasster, „als er gefordert hat, ihn rauszuwerfen. Er ist eine Gefahr!"

Amber sieht sie an. „Lex hat ihn angefasst ... und Patsy ebenfalls. Sollen wir die beiden auch rauswerfen?"

Zandra wird bleich und rudert aufgeregt mit den Armen, während sie hastig erwidert: „Amber, das siehst du falsch! Lex hat ihn *kaum* berührt, weißt du?"

„Aber er *hat* ihn berührt", widerspricht ihr Jack. „Damit ist es ein Risiko, in die Nähe von Lex zu gehen."

Zandra bleibt stumm, weil es nichts gibt, was sie erwidern kann. Versteinert, ohne die mitfühlenden Blicke der anderen wahrzunehmen, steht sie da. Sie beißt sich auf die Unterlippe und kämpft gegen ihre Tränen an. Zandra will die Folgen ihres vorschnellen Urteils über Glenn nicht hören, doch Amber spricht sie, ohne mit der Wimper zu zucken, aus: „Dann müssen wir Lex und Patsy ebenfalls isolieren. Wir werden sie in zwei leer stehenden Läden der Mall unterbringen."

Betretenes Schweigen macht sich breit. Der Entschluss steht. Aber auch wenn sie die möglicherweise Infizierten isolieren, heißt das noch lange nicht, dass der Virus damit unter Kontrolle ist oder dass sie vor ihm sicher sind.

„Was ist eigentlich mit Cloe?", sagt Ryan nach einer Weile in die Stille.

„Sie ist doch Patsy nachgelau...", beginnt Salene und erkennt mit einem Mal, welche Konsequenzen mit Cloes Schritt verbunden sein können. Sofort rennt sie los, um Cloe zu suchen, bevor sie Patsy zu nahe kommt.

„Ich helfe suchen", ruft Bray. „Sonst noch Freiwillige?"

„Ich komme mit", meldet sich Tai-San und heftet sich an Salenes Fersen.

In diesem Moment kehrt Lex von oben zurück. Er sieht den dreien nach, ist aber zu sehr in Gedanken versunken, um zu fragen, was in sie gefahren ist. Mit gemächlichen Schritten geht er auf Amber und die anderen zu, als ihm bewusst wird, dass sie vor ihm zurückweichen. Er sieht sie der Reihe nach an. Unter seinem prüfenden Blick beginnt Zandra zu weinen. ‚Was ist mit ihr?' Lex wird das Gefühl nicht los, dass sich während seiner Abwesenheit etwas Schlimmes ereignet hat.

„Was ist?", fragt er vorsichtig, da ihm die Blicke der anderen nicht gefallen. Er ist es gewöhnt, dass man ihn feindselig oder herablassend ansieht. Aber Mitleid hat er bislang bei keinem von ihnen entdecken können.

Amber geht einen Schritt vor, achtet aber darauf, genügend Abstand zu Lex zu bewahren: „Die Sache ist die: Wir wissen nicht, wie der Virus übertragen wird, und um uns alle und den Tribe zu schützen ..." – sie macht eine Pause, weil sie schlucken muss – „... müssen wir dich und Patsy ebenfalls isolieren."

„Nein!", Lex ist entsetzt.„ Das könnt ihr doch nicht mit uns machen!"

In den Augen von Lex stand die nackte Angst. Normalerweise hätte Lex aufbegehrt aber jetzt ... Das hier ist eine ganz andere Seite, die ich an ihm noch nie beobachtet habe. Es fiel mir schwer, meine eigenen Gefühle unter Kontrolle zu halten. Auch wenn ich Lex noch nie so richtig gemocht habe, hat er mir auf einmal Leid getan.

Wir haben zwei der leer stehenden Läden ausgewählt, um die beiden so lange dort unterzubringen, bis wir wissen, ob sie infiziert sind oder nicht.

Cloe ist wieder aufgetaucht, allerdings wissen wir nicht, ob sie mit Patsy Kontakt hatte oder nicht. Sie sagt, dass es nicht der Fall war. Ich finde, wir sollten ihr glauben. Wenn wir jetzt anfangen, uns gegenseitig zu verdächtigen, dann können wir gleich einpacken.

Kampf dem Virus!

„Es hilft nichts, jetzt rumzujammern“, sagte Amber zu den anderen Mall Rats, als sie im Café der Mall versammelt sind. „Früher oder später wäre das ohnehin passiert. Obwohl wir von der Gefahr wussten, haben wir sie ignoriert. Jetzt müssen wir uns der Sache stellen, ob wir wollen oder nicht.“

„Das hätten wir früher tun sollen, bevor diese Krankheit hier reingeschleppt worden ist“, meint Zandra.

„Hinterher ist man immer schlauer“, wirft Jack ein. „Aber es muss doch ein Mittel geben!“

„Das haben sich die Erwachsenen auch gesagt, als der Virus ausgebrochen ist“, bemerkt Dal zynisch.

Bray steht auf und geht ein paar Schritte umher. „Wir dürfen jetzt nicht die Nerven verlieren, dann fällt uns bestimmt eine Lösung ein.“

„Das ist zwar eine schlimme Zeit für uns alle“, meldet sich Tai-San zu Wort, „aber wenn ihr die Vergangenheit betrachtet, hat es immer solche Zeiten gegeben.“

Jack sieht sie verwundert an: „Was... was meinst du damit?“

„Na ja, die Menschheit wurde seit Anbeginn von Seuchen und Epidemien heimgesucht. Aber sie hat überlebt. Die Menschen haben immer wieder einen Ausweg gefunden, ganz egal wie schlimm die Krankheit war und wie viele Opfer sie gefordert hat. Wir müssen Stärke beweisen. Wir dürfen die Hoffnung nicht aufgeben, weil wir aus ihr Kraft schöpfen können.“

„Ach, lass das abgehobene Geschwafel“, gibt Jack mürrisch zurück. „Wir brauchen keine Hoffnung, sondern ein Heilmittel!“

„Nein, Jack“, wendet Amber ein. „Tai-San hat Recht. Wenn wir aufhören zu hoffen, dann können wir uns gleich hinlegen und auf den Tod warten. Natürlich brauchen wir ein Medikament, das uns vor dem Virus schützt. Aber wir brauchen auch die Hoffnung, dass wir es schaffen werden.“

Sie mustert die anderen der Reihe nach. „Bis wir eine Lösung gefunden haben, müssen wir versuchen, normal weiterzuleben. Das ist sehr wichtig.“ Nach einer kurzen Pause, in der sie ihre Worte wirken lässt, fügt sie wie zur Bestätigung ihrer eigenen Worte hinzu: „Jetzt ist erst mal Essenszeit.“

Nach dem Essen sitzen Amber und Bray bei einem heißen Tee zusammen.

„Heute ist wohl mit Abstand der schwärzeste Tag seit Ausbruch des Virus“, sagte Amber nach einer Weile.

Bray atmet tief durch, dann erwidert er: „Tja, machen wir uns nichts vor, es ist kritisch. Aber bislang gehen wir gut damit um, findest du nicht?“

„Meinst du das ernst?“

„Ja, ich glaube, du hast wirklich ziemlich gut reagiert. Der Zusammenhalt des Tribes stand auf dem Spiel, und ohne deine Ermahnung, normal weiterzuleben, sähe es jetzt viel schlechter für den Tribe aus.“

Amber zuckt mit den Schultern. „Wir sollten uns Gedanken machen, wie es nun weitergeht!“

„Ich denke, Tai-San hat Recht“, meint er.

„Womit?“

„Mit dem, was sie über die Menschheit gesagt hat", erklärt er. „Dass sie jede Krankheit besiegt hat. Oder wenigstens unter Kontrolle gebracht hat."

„Das bringt uns aber auch nicht weiter."

„Doch", sagt Bray voller Überzeugung. „Der Schlüssel liegt in der Vergangenheit."

„Was redest du da?"

„Siehst du es nicht? Wenn wir den Virus besiegen wollen, müssen wir ihn doch erst einmal kennen. Und das bedeutet, dass wir erfahren müssen, woher er kommt und was er genau bewirkt."

„Das wissen wir doch, oder?"

Bray lächelt flüchtig. „Dass er tödlich ist, weiß ich natürlich. Ich meinte, welche Reaktionen er genau im Körper auslöst. Wenn wir wissen, was er angreift, können wir vielleicht einen Weg finden, um ihn abzuwehren."

Sie sieht ihn lange an, dann sagt sie leise: „Du vergisst, dass wir keine Wissenschaftler sind. Die sind alle tot. Wir haben doch gar keine Ahnung von ... was weiß ich, von Mikrobiologie."

„Stimmt", pflichtet er ihr bei. „Aber irgendwann hat es immer den Ersten geben müssen, der etwas entdeckt oder entwickelt hat. Der erste Atomphysiker kam auch nicht fertig auf die Welt."

Amber nickt nachdenklich. „Ich glaube, du hast Recht", antwortet sie schließlich. „Wir werden alle Informationen zusammentragen, die wir kriegen können." Sie hat das Gefühl, dass ihm noch etwas anderes auf den Nägeln brennt. Die Art, wie er mit dem Finger über den Rand des Bechers streicht, wie sein Blick auf einem fernen Punkt ruht ...

„Hast du vielleicht sonst noch was auf dem Herzen?"

Bray holt tief Luft, starrt eine Zeit lang in den Becher und schweigt.

„Denkst du noch oft an Sasha?", fragte er schließlich.

Diesmal dauert es noch länger, ehe Amber antwortet. „Sasha ist eine Million Jahre her."

Bray horcht aufmerksam hin, kann aber in ihren Worten keinerlei Gefühle erkennen. Entweder ist sie wirklich über ihn hinweg, oder sie will ihm gegenüber nicht zugeben, wie viel er ihr immer noch bedeutet.

„Wir sollten es den anderen sagen", meint Bray plötzlich, während er aufsteht. Amber sieht ihn irritiert an, ehe sie versteht, *was* er den anderen sagen will.

„Ja, gut, das sollten wir", stimmt sie zu.

Eine halbe Stunde später sitzen sie erneut alle im Café zusammen. Alle Augen sind auf Amber gerichtet. Es wird leise gemurmelt und geflüstert, da jeder fürchtet, dass sie die nächste Schreckensbotschaft verkünden will.

„Okay, alle mal herhören, bitte!", bringt Amber sie zur Ruhe. „Bray und ich haben eine Idee, die wir euch vortragen möchten und über die wir gemeinsam entscheiden werden."

Bray steht auf und stellt sich neben Amber: „Wir brauchen Informationen. Wir müssen alles über den Virus in Erfahrung bringen. Wo, wie und warum die Erwachsenen sterben mussten. Wir brauchen Namen, Daten, einfach alles."

„Und woher kriegen wir die Informationen?", meldet sich Dal, der sich nicht vorstellen kann, wozu das gut sein soll.

„Wir werden recherchieren", erklärt Bray. „Wir müssen Bibliotheken, Zeitungsarchive und medizinische Register durchforsten, einfach alles, was in irgendeinem Zusammenhang mit dem Virus stehen könnte. Unsere Idee ist, zwei Gruppen zu bilden. Gleich morgen. Dann wird alles zusammengetragen ... Was sagt ihr dazu?"

„Wie sind die Gruppen aufgeteilt?", fragt KC.

„Das ist noch nicht entschieden", antwortet Amber. „Es geht jetzt nur darum, ob ihr mit der Idee einverstanden seid. Wer geht, entscheiden wir später."

Amber überlegt, ob sie sich irrt oder ob sie vergesslich geworden ist, jedenfalls kann sie sich nicht daran erinnern, die Mall Rats jemals so erlebt zu haben. Sie sind alle der einhelligen Meinung, dass sie so vorgehen sollen. Niemand hat etwas dagegen einzuwenden. Im Gegenteil, die Stimmung ist schon lange nicht mehr so harmonisch gewesen. Alle sind fröhlich, diskutieren und schmieden Pläne.

„So, dann wird jetzt zu Abend gegessen", sagt Salene und steht auf.

„Kann ich Patsy ihr Essen bringen?", fragt Cloe.

„Klar, wenn du aufpasst, dass du ihr nicht zu nahe kommst", meint Salene.

Minuten später verschwindet Cloe mit einem Tablett in Richtung von Patsys Isolationskammer, während die anderen zu essen anfangen. Sie unterhalten sich in Grüppchen, als Salene auf einmal feststellt: „Cloe bleibt aber lange weg."

„Die zwei quatschen bestimmt", meint Ryan.

„Ich hoffe nur, dass sie auf Abstand ...", beginnt Bray, bricht dann aber mitten im Satz ab.

„Was?", fragt Amber und blickt auf. Sie erstarrt mitten in ihrer Bewegung, und dann sehen nach und nach alle in die Richtung, in die Amber und Bray schauen.

Cloe steht wenige Meter von der Gruppe entfernt – und direkt hinter ihr ist Patsy.

„Cloe? Was soll das?", fragt Amber leise.

„Patsy ist meine beste Freundin", erklärt sie. „Und sie fehlt mir, wenn sie nicht bei mir ist." Sie macht eine Pause und sieht die Mall Rats der Reihe nach an. „Sie ist wie ein Teil von mir, und auch wenn sie sich infiziert hat, werde ich sie trotzdem in den Arm nehmen." Genau das macht sie dann auch demonstrativ.

Die Stille, die dieser Aktion folgt, ist erdrückend. Niemand weiß, was er sagen oder machen soll. Dann löst sich Salene aus der Gruppe, geht zu den beiden und nimmt sie ebenfalls in den Arm. Sie dreht sich zu den anderen um und sagt leise: „Sie hat Recht. Egal, was passiert, wir können unsere Freunde nicht einfach wegsperren. Wir stehen das durch. Und zwar gemeinsam. Sonst werden wir es nicht schaffen."

Die anderen sehen sich betroffen an. Eigentlich hat Salene nur das ausgesprochen, was jeder von ihnen tief in seinem Inneren empfindet. Wer kann schließlich schon mit Sicherheit sagen, dass es genügt, die vermutlich Infizierten in einen Glaskasten zu sperren? Vielleicht ist es wirklich so, dass sie den Virus alle schon längst in sich tragen.

Nach und nach scharen sich die Mall Rats um Cloe und Patsy und liegen sich eine Zeit lang in den Armen.

„Wenn wir diese Krankheit besiegen, dann gemeinsam", sagt Amber schließlich voller Überzeugung, „denn gemeinsam sind wir stark."

Die Toten auf Hope Island

Zuerst die traurige Neuigkeit: Glenn ist gestorben, der Virus hat ihn getötet. Tai-San hat sich eine schöne Zeremonie ausgedacht, mit der wir uns von Glenn verabschiedet haben.

Dafür gibt es aber auch etwas Erfreuliches. Oder sollte ich besser sagen: etwas, das uns Hoffnung macht? Dal und Lex haben in einer Zeitungsredaktion in der Stadt einen Brief des Premierministers entdeckt. Sein Wortlaut: „Auf Grund der gefährlichen Situation darf die Regierung nicht mit einem Projekt des Unternehmens Pandorax, das den Alterungsprozess stoppen soll, in Verbindung gebracht werden. Diese Information muss unter Verschluss bleiben. Daher untersagen wir Ihnen gemäß Paragraph 4b der Verfassung, diesen Artikel zu veröffentlichen.“ Mit anderen Worten: Der Zeitungsartikel wurde zensiert.

Bray, KC und ich haben uns im Gesundheitsministerium umgesehen und dort ein Dokument gefunden, das wohl nicht so wie die anderen verbrannt oder vernichtet worden ist. Ich bin sicher, es war nur ein Zufall, dass wir es gefunden haben. Genau genommen war es nicht einmal ein richtiges Dokument, sondern nur das Deckblatt einer Akte. Darauf vermerkt war „Streng geheim! Hope-Island-Projekt“. Und darunter der Name Pandorax.

Nachdem wir wieder mit Lex und Dal zusammengetroffen sind, ist uns klar geworden, dass es sich um ein geheimes Projekt handeln muss, das auf der Gefängnisinsel

Hope Island in der Bucht vor der Stadt entwickelt wurde. Das Gefängnis hat man schon vor ewiger Zeit geschlossen, und seitdem ist die Insel Sperrgebiet gewesen. Wir vermuten, dass sie seitdem zu Forschungszwecken genutzt worden ist. So wie es aussieht, wurde dort von der Firma Pandorax ein Mittel entwickelt, das den Alterungsprozess verlangsamen oder vielleicht sogar stoppen sollte. Irgendetwas ist schief gegangen, und die Menschen sind mit einem Mal rasend schnell älter geworden. Es ist nur eine Vermutung, aber sie klingt ziemlich überzeugend. Die Antwort finden wir bestimmt auf der Insel. Also müssen wir dort suchen. Ich will nur hoffen, dass der Name Hope Island für uns eine gute Bedeutung hat. Aber wenn es irgendwo ein Gegenmittel gegen den Virus gibt, dann ist Hope Island sicher unsere beste Chance. Es ist zumindest ein Anfang!

Tai-San geht mir übrigens manchmal auf die Nerven. Sie ist ja lieb und nett, und sie kann einen mit ihrer komischen Denkweise auf Ideen bringen. Aber sie war jetzt tatsächlich dagegen, nach Hope Island zu gehen, und wollte statt auf die Wissenschaft auf alte Weisheiten zurückgreifen. Schön und gut, aber uns fehlt die Zeit, um uns mit so etwas zu befassen. Wenn Hope Island nichts bringt, können wir uns immer noch darum kümmern.

Bray, Dal und Lex werden mit mir zur Insel aufbrechen. Bob werden wir auch mitnehmen, für den Fall, dass er eine Gefahr wittert, die uns nicht auffällt. Er hat bei so etwas immer den richtigen Riecher!

Das erste Zeichen für mögliche Gefahren ist der Totenkopf auf dem Metallschild am meterhohen, mit Stacheldraht gesicherten Zaun, der rings um das ehemalige Gefängnis Hope Island verläuft. Die vier, Amber, Bray, Dal und Lex, sind ohne Probleme durch die Stadt zum Strand gekommen. Dort haben sie ein altes Boot aufgestöbert, mit dem sie hierher, zur seltsamen Gefangeneninsel, übergesetzt sind.

„Bekommen wir es drinnen mit einer Truppe Piraten zu tun?“, fragt Lex und deutet auf das Schild.

„Nein, einfach nur eine Warnung, dass wir uns fern halten sollen“, erwidert Bray beiläufig und betrachtet die karge Landschaft.

„Ob das ein elektrischer Zaun ist?“, überlegt Amber laut.

„Und wenn schon“, meint Lex. „Der funktioniert sicher nicht mehr.“

„Es sei denn, die haben hier ihre eigene Stromversorgung“, wendet Dal ein, der von der ganzen Situation etwas eingeschüchtert ist.

Lex bückt sich und hebt ein Stück Treibholz auf, das die Flut an Land gespült hat. „Das finden wir doch ganz einfach heraus.“

Er holt aus und schleudert das Holz durch die Luft. Es trifft den Zaun und fällt zu Boden, ohne dass weiter etwas passiert. Bob hält das Holz für ein Spielzeug und stürmt hinterher.

„Na, komm, hol das Stöckchen!“, ruft Lex ausgelassen und wirft ein weiteres Stück, das wenige Meter neben Bob aufschlägt – und eine heftige Explosion auslöst.

Die Gruppe zuckt erschrocken zusammen und starrt fassungslos zu der Wolke aus Rauch und Staub, die dicht neben dem Hund aufsteigt.

„Was war das?“, fragt Lex mit bebender Stimme.

„Landminen!“, erwidert Bray. „Das vor uns ist ein Minenfeld!“

Die vier stehen wie angewurzelt da und überlegen krampfhaft, was sie machen sollen.

„Bob! Sitz!", ruft Amber immer wieder, da der völlig verängstigte Hund Anstalten macht, zu der Gruppe zurückzukehren. „Mach Sitz, mein Guter. Brav so!"

„Was sollen wir machen?", fragt Dal. „Wenn er sich bewegt, zerfetzen ihn die Minen."

Lex sieht ihn finster an. „Wir sind nicht besser dran."

„Nicht durchdrehen", sagte Bray beschwichtigend. „Wir müssen Ruhe bewahren und nachdenken!"

„Landminen erkennt man an dem Auslöser an der Oberseite", wirft Dal sofort ein.

„Das heißt", führt Bray den Gedanken weiter, „wir können sie ausmachen, wenn wir den Sand zur Seite fegen, ohne den Auslöser zu aktivieren."

Er kniet sich hin und beginnt, mit den Händen die obersten Sandschichten wegzuwischen.

„Lex, keine Bewegung!", ruft Dal plötzlich. „Da neben deinem Fuß!"

Er blickt nach unten und erkennt, dass nur Zentimeter von ihm entfernt die Oberseite einer Landmine zum Vorschein gekommen ist. Sie glänzt im Sonnenschein, wirkt fast elegant, obwohl sie in Wahrheit nichts weiter als tödlich ist. Lex schluckt und nimmt langsam seinen Fuß zur Seite.

„Wie es aussieht, können wir nicht mal gefahrlos zum Boot zurückkehren", sagt Bray.

„Und jetzt?", fragt Amber erschrocken.

Bray dreht sich um und sieht zum Zaun. „Es hat keinen Sinn, wenn wir alle suchen", antwortet er schließlich. „Ich robbe bis zum Zaun und lege die Minen frei, die uns den Weg versperren, dann könnt ihr mir gefahrlos folgen."

„Ich helfe dir", sagt Dal spontan. „Wie heißt das: Vier Augen sehen mehr als zwei!"

„Okay", meint Bray und robbt vorsichtig ein Stück weiter, „aber ihr beide bleibt, wo ihr seid, verstanden?"

Für das recht kurze Stück bis zum Zaun brauchen die beiden fast eine Stunde, dann endlich haben sie Bob unversehrt erreicht. Dieser sitzt dicht neben dem Zaun und beobachtet interessiert das sonderbare Treiben.

„So, ich glaube, wir haben's geschafft", sagt Bray und richtet sich auf. Wie Dal ist er außer Atem und nass geschwitzt. „Ihr könnt jetzt rüberkommen."

Amber und Lex setzen sich vorsichtig in Bewegung. „Amber, lass mich vorgehen!", ordnet Lex an.

„Oh, wie mutig von dir", erwidert Amber ironisch und lässt ihm tatsächlich den Vortritt.

„Versuchen wir, hier über den Zaun zu steigen", schlägt Bray vor, als alle zusammen sind. „Dass er nicht unter Strom steht, wissen wir ja dank Lex, und wenn ihr euch das anseht, könnt ihr erkennen, dass hier eine Lücke im Stacheldraht ist."

Nach dem Minenfeld stellt der Zaun ein vergleichsweise harmloses Hindernis dar. Während die vier sich abmühen, an dem Maschendraht Halt zu finden, entdeckt Bob etwas weiter entfernt ein Loch im Zaun, durch das man problemlos auf das Gelände gelangt.

Auf dem Weg zu den Gebäuden, aus denen sich der einstige Gefängniskomplex zusammensetzt, stoßen sie immer wieder auf Tote. Während die anderen einen großen Bogen um die Leichen machen, geht Lex näher heran und betrachtet einige von ihnen aufmerksam.

„Sieht so aus", sagt er, als er zur Gruppe zurückgekehrt ist, „als wären sie nicht alle zur gleichen Zeit ums Leben gekommen. Einige von denen sind viel stärker ..."

„Lass gut sein, Lex", unterbricht Amber ihn. „Wir können uns gut vorstellen, was du uns sagen willst. Aber sei so freundlich und erspar uns die Einzelheiten!"

„Gestorben sind sie ja doch alle", meint Bray beiläufig. „Es war nur eine Frage der Zeit." Er bleibt stehen und schaut sich um. Die grauen Gebäude machen so schon einen tristen Eindruck, aber durch die Tatsache, dass hier so viele Menschen ums Leben gekommen sind, wirkt der Bau noch erdrückender.

„Hallo!", ruft er plötzlich. „ Hallo, ist hier jemand?"

Von den Wänden wird nur das Echo seiner Stimme zurückgeworfen – sonst ist nichts zu hören.

„Nichts", flüstert Lex. „Gehen wir weiter."

Sie erreichen das Hauptgebäude, an dessen Haupttür ein großes Schild prangt: ‚Pandorax Corporation. Biolaboratorien. Kein Zutritt für Unbefugte'. Ein Stück neben dem Hauptgebäude steht ein kleineres, ebenfalls unscheinbares Bauwerk. Der Generatorraum, wie ein Schild verrät.

„Eigene Stromversorgung", meint Dal. „Hatte ich mir doch fast gedacht."

Lex wirft ihm einen flüchtigen Blick zu, dann geht er zum Hauptgebäude und versucht die Tür aufzudrücken. Sie gibt ein Stück weit nach, lässt sich daraufhin jedoch keinen Millimeter weiterbewegen.

„Klemmt", stellt Lex fest und späht durch den Spalt in die Dunkelheit.

Amber kommt zu ihm und betrachtet den Spalt. „Wenn du sie noch ein ganz klein bisschen weiter aufbekommst, kann ich mich vielleicht hindurchquetschen."

Lex nickt und winkt Bray zu sich. „Hilf mir mal."

Gemeinsam bewegen sie die Tür so weit auf, dass Amber hindurchschlüpfen kann. Im Gebäude ist es dämmrig.

Durch die hoch oben in den Wänden eingelassenen Fenster fällt nur wenig Licht ins Innere. Ein Schauer läuft Amber über den Rücken. Sie dreht sich um und stößt im gleichen Moment einen spitzen Schrei aus. Das Hindernis hinter der Tür ist ein Skelett. Die eingefallenen Augen scheinen sie genau im Visier zu haben.

„Alles in Ordnung?“, ruft Bray besorgt.

„Ja, ja“, erwidert sie rasch. „Nichts passiert.“

Sie versucht sich zu beruhigen und ihren Ekel zu überwinden. Langsam packt sie den Toten an einem Hosenbein und zieht ihn zur Seite, damit sich die Tür ganz öffnen lässt.

„Was war los?“, fragt Dal.

Amber zeigt auf den Toten und wendet sich angewidert ab, während Bob sich dem Skelett nähert und es misstrauisch beschnuppert.

„Oh“, macht Dal nur.

„Was hat er um den Hals?“, fragt Lex, als er den Toten näher betrachtet.

„Sieht aus wie eine Kennkarte“, überlegt Bray.

Dal streckt vorsichtig eine Hand aus und zieht dem Toten die Karte über den Kopf.

„Nein“, widerspricht er. „Ich vermute, dass es ein elektronischer Schlüssel ist. Könnte nützlich sein, wenn wir irgendwo nicht weiterkommen.“

Seine Vermutung bestätigt sich schon wenige Meter später, nachdem sie durch den langen, düsteren Korridor geschlichen sind und sich vor einer Tür wieder finden, die fest verschlossen ist. Neben ihr an der Wand befindet sich ein Kartenlesegerät. Aber egal, wie herum Dal die Karte in den Schlitz schiebt, es rührt sich nichts.

„Kein Wunder“, murmelt er schließlich. „Ohne Strom bringt das alles nichts.“

„Der Generatorraum", ruft Bray. „Komm, Dal! Wir sehen nach dem Generator. Und ihr bleibt hier!"

Lex und Amber warten geduldig an der Tür, als auf einmal die Beleuchtung rings um sie herum aufflackert und schließlich ein kaltes, aber gleichmäßiges Licht verbreitet.

„Na, endlich", sagt Lex erleichtert.

„Sie haben's geschafft!", freut sich Amber und ertappt sich dabei, dass sie Lex aufmerksamer betrachtet, als es sonst üblich war. Unwillkürlich sucht sie in seinem Gesicht nach Hinweisen darauf, ob die Wirkung des Virus bereits eingesetzt hat. Es ist nichts zu erkennen. Als Lex spürt, dass sie ihn beobachtet, sieht sie rasch zur Seite. Zu ihrem Glück kommen in dem Moment Bray und Dal in den Korridor gelaufen.

„Das war kinderleicht", ruft Dal begeistert und zieht die Codekarte aus der Tasche, um einen neuen Anlauf zu versuchen. Nach einer Pause, in der noch immer nichts geschieht und die unerträglich lang zu sein scheint, ertönt plötzlich ein Summen. Die Tür geht mit einem leisen Zischen auf. Ein langer Korridor, von dem zu beiden Seiten Gänge und Tunnels abzweigen, liegt vor den vieren. Sie treten in den menschenleeren, unheimlich wirkenden Raum. Nachdem sie eine Zeit lang dem Verlauf des Hauptkorridors gefolgt sind, versperrt ihnen eine stählerne Schiebetür den Weg. ‚Achtung, Zutritt nur mit Schutzkleidung. Für Unbefugte kein Zutritt', lässt sie ein großes Warnschild wissen.

„Los, versuch's!", fordert Lex Dal auf, der die Karte aus der Tasche zieht und in das Lesegerät steckt.

Warnlichter flammen auf, und eine Computerstimme ertönt: „Vor Zutritt überprüfen Sie bitte, ob Ihr Schutzanzug luftdicht geschlossen ist. Vergewissern Sie sich, dass Ihr Atemgerät ordnungsgemäß funktioniert."

Dann folgt ein lautes Zischen, und die Tür gleitet zur Seite. Die Gruppe zögert einen Moment lang, bis Lex vorangeht. Die anderen folgen. Eine weitere Schiebetür liegt vor ihnen. Während Dal ausdruckslos dasteht und Bob ganz gelassen wartet, was als Nächstes geschehen wird, sehen sich Lex, Bray und Amber um. Nirgends ist ein weiteres Lesegerät zu sehen. In dem Moment schließt sich die erste Tür wieder hinter ihnen.

„Was ist jetzt?", ruft Lex aufgebracht.

„Wir sind in der Falle!", flüstert Amber und beginnt, nach Luft zu schnappen. Der Raum ist für ihren Geschmack viel zu klein, um sich länger zu viert darin aufzuhalten.

Dal sieht die Gruppe grinsend an und erklärt wie ein Fachmann: „Das ist nur eine automatische Luftschleuse. Keine Sorge."

Das letzte Wort wird von einem erneuten Zischen – der zweiten Tür – übertönt. In dem Moment gleitet die Tür zur Seite und macht ihnen den Weg in ein hochmodernes Labor frei.

Zahlreiche Neonröhren tauchen den Raum in steriles Licht, das die zahlreichen Apparaturen, Instrumente und Vorrichtungen auf eine eigenartige Weise unwirklich erscheinen lässt: wie Nebel. Versuchsanordnungen sind auf den Tischen aufgebaut, ganze Reihen von Reagenzgläsern säumen Regale, gefüllt mit Flüssigkeiten in den unterschiedlichsten Farben. Computermonitore sind im Raum verteilt, in einer Ecke ist ein Rechner installiert, der die verschiedenen Arbeitsplätze miteinander verbindet. Leere Käfige stehen in einem Hochregal, und über allem liegt der penetrante Geruch von Desinfektionsmitteln.

Während sich Lex, Amber und Bray im Labor umsehen, mit gemischten Gefühlen die Behältnisse und Gefäße betrachten und Bob neugierig alles beschnupperte, was in seiner Reichweite ist, schaltet Dal den Computer an und setzt sich an einen der Monitore.

„Seht mal", zischt Amber leise und deutet auf eines der Gläschen. Auf dem Etikett steht V-25, nicht getestet.

„Ob das das Gegenmittel ist?", überlegt Bray.

„Wenn es als Einziges nicht getestet wurde, stehen die Chancen bestimmt besser als bei jedem anderen der Fläschchen, die hier herumstehen", meint Amber. Sie ist davon überzeugt, dass sie auf der richtigen Spur sind.

„Gut", meint Bray. „Versuchen wir es damit, mehr als umbringen kann es uns nicht."

„Ich glaube, ich hab hier was", ruft Dal plötzlich aufgeregt. „Kommt her!"

Sie stürmen quer durch den Raum zu ihm.

„Was ist? Hast du's geschafft?", fragt Bray aufgeregt.

„Ich habe Dateien gefunden!"

„Und was steht drin?"

„Ich weiß nicht, die Daten sind kodiert!", antwortet Dal. Sofort macht sich Enttäuschung bei den anderen breit. „Das ist nicht so schlimm. Der Code lässt sich knacken. Das dauert bloß ein wenig, aber …"

In dem Moment schließt sich hinter ihnen die Schiebetür mit einem lauten Zischen.

„Was war das?", murmelt Amber erschrocken.

„Schon okay. Ist nur die Tür", beschwichtigt Lex sie, woraufhin sich Dal mit weit aufgerissenen Augen umdreht.

„Nur die Tür?, sagst du? Die innere Tür der Schleuse würde nur zugehen, wenn jemand die äußere öffnen will. Das heißt, da draußen ist jemand, der hier rein will!"

Die Freunde erstarren vor Entsetzen. Wer immer da draußen sein mag, er wird sie kaum freundlich empfangen. Vielleicht ist ein anderer Tribe ebenfalls auf die Spur des Labors gekommen und will die Formel an sich reißen – oder jemand aus dem Forschungskomplex lebt noch und will sich ihnen in den Weg stellen.

In diesem Augenblick ertönt die Computerstimme, die sie schon beim Betreten gehört haben: „Achtung. Achtung. Sicherheitsalarm. Der Sicherungscode B wurde nicht korrekt eingegeben. Sofort Passwort eingeben. Sofort Passwort eingeben. Bei Nichteingabe verriegeln sich die Ausgänge in zehn Sekunden."

Dann beginnt die Stimme von zehn an rückwärts zu zählen, während die vier verzweifelt nach einer Möglichkeit suchen, den Countdown zu stoppen.

„Null", sagt die Stimme blechern.

„Und nun?", fragt Lex die anderen, die ihn nur ratlos ansehen.

„Ich fürchte, wir sitzen in der Falle!", meint Bray. „Zumindest ist da draußen keiner, der uns zu nahe hätte kommen können."

„Somit ist draußen aber auch niemand, der uns hier rausholen könnte", wirft Amber ein und schüttelt den Kopf.

Dal hat sich mittlerweile wieder dem Computer zugewendet und fängt an, die gefundenen Dateien auf Disketten zu kopieren.

„Das Passwort wurde nicht eingegeben", verkündet die Computerstimme, nachdem vielleicht eine Minute verstrichen ist. „Das Labor wird jetzt dekomprimiert."

„Was?", ruft Lex erstaunt. „Was ist los?"

„Die saugen die Luft ab", fasst Dal es in einfache Worte. „In ein paar Minuten werden wir hier nichts mehr zum Atmen haben."

Lähmendes Entsetzen macht sich breit, während sich die

Lüftung im Labor automatisch eingeschaltet und damit beginnt, im Labor ein Vakuum zu schaffen.

Top Hat und seine Clowns

Ich hatte immer gedacht, dass es nur in Filmen bis zur letzten Sekunde dauern würde, ehe die Helden aus einer lebensgefährlichen Situation gerettet werden. Allmählich fange ich allerdings an zu glauben, dass es im wirklichen Leben genauso läuft. Ich frage mich nur, wer dabei den Nervenkitzel hat. Dal probierte verzweifelt das richtige Passwort zu finden, nachdem er die Dateien kopiert hatte. Ich wollte die Lüftungsschlitze mit irgendetwas verstopfen, damit die Luft nicht weiter abgesaugt werden konnte, und Bray und Lex haben vergeblich versucht, die Schiebetür zu bewegen. Mir wurde schon schwindlig, da kam Lex auf die Idee, den Kartenleser aus der Wand zu brechen und einen Kurzschluss herbeizuführen. Die Türen sind sofort aufgegangen, im Labor ist es dunkel geworden, und wir waren gerettet. Ich hatte mir schon vorgestellt, dass irgendwann jemand unsere Leichen finden würde, so wie wir auf die Toten vor dem Labor gestoßen sind.

Jack arbeitet praktisch rund um die Uhr daran, die Dateien von Hope Island zu knacken. Bislang aber ohne Erfolg. Das Gegenmittel V-25, das wir aus dem Labor mitgenommen haben, scheint zu wirken. Nach unserer Rückkehr hatten wir Tai-San in schlechter Verfassung vorgefunden. Sie wollte das Mittel zuerst nicht nehmen, aber inzwischen geht es ihr wieder sehr gut.

Dafür macht mir Lex Sorgen, er sieht schlecht aus, aber er will das verdammte Gegenmittel nicht nehmen. Das ha-

ben wir Tai-San zu verdanken, die ihm etwas von einer karmischen Reinigung eingeredet hat. Wenn er Geist, Körper und Seele von allem befreit, was ihn verunreinigt, soll er wieder von selbst gesund werden. Schön wär's.

Bei diesen Verunreinigungen handelt es sich unter anderem auch um alle Geheimnisse, Lügen und Halbwahrheiten. Lex hat uns alles gebeichtet. Wirklich alles. Ich hatte ja noch nie eine besonders gute Meinung von ihm, aber mit was er jetzt alles herausgerückt ist, das hat mir die Sprache verschlagen.

Er hat Zandra nur geheiratet, weil sie gut aussieht. Klar, dass sie seitdem am Boden zerstört ist. Zudem hat er sich einen geheimen Wasservorrat angelegt, und zwar vom Wasser aus dem Tank.

Dass wir nichts anderes machen konnten, als ihn aus dem Tribe zu verbannen, war klar, aber wehgetan hat das alles doch sehr. Und es war ein Schock für mich.

Schließlich haben wir von Cloe auch noch erfahren müssen, dass KC in Schwierigkeiten ist, weil er in einer Spielhölle das Ferkel eingesetzt und verloren hat. Cloe hat es retten können und ist zur Mall zurückgekehrt. Aber wo KC ist, wissen wir nicht. Hoffentlich geht es ihm gut und wir sind durch ihn nicht in Gefahr. Immerhin hat uns Cloe später noch verraten, wo die Spielhölle ist. Auf dem Gebiet des Tribe Circus! Bray weiß, dass deren Anführer, ein gewisser Top Hat, ein Irrer ist. Gegen ihn und seine Clowns sollen die Locos ein Häkelverein sein, meint Bray. Wir müssen Maßnahmen ergreifen um die Mall zu schützen. Schließlich wissen wir nicht, was der Circus mit KC anstellt.

Wer immer diese Zeilen liest, soll jetzt aber bitte nicht glauben, dass alles nur schlecht ist. Es gibt auch noch schö-

ne Dinge. Ich bin jetzt mit Bray zusammen. Ist das ein gutes Zeichen für die Zukunft?

Lex fühlt sich zunehmend schlechter. Der Virus hat ihn doch erwischt. Daran besteht kein Zweifel. Aber er darf sich nicht von ihm unterkriegen lassen. Er will nicht, dass es irgendetwas gibt, was mächtiger ist als er: auch kein Virus!

Selbst wenn die Mall Rats ihn verstoßen haben – und das haben sie aus gutem Grund getan –, wird er nicht aufgeben. Er wird einen Weg finden, damit der Tribe ihm vergeben kann.

Ein Weg ist mit Sicherheit der, KC zu retten. Nach allem, was er von Cloe über die Spielhölle gehört hat, muss KC in der Gewalt des Tribe Circus sein. Wenn das stimmt, besteht die Gefahr, dass dessen Anführer Top Hat aus KC herausbekommt, wo sich die Mall Rats aufhalten. Und wenn ihm erst einmal die Mall in die Hände fällt …

Lex schüttelt den Kopf und wehrt den Gedanken ab. Er hat sich in der Stadt vorsichtig zum Territorium des Tribe Circus vorgearbeitet, als ein ohrenbetäubender Lärm ihn dazu bringt, hinter Bergen aus Schutt und Gerümpel am Straßenrand in Deckung zu gehen.

Einige Zeit vergeht, ehe die Verursacher des Lärms in Sichtweite kommen. Als es so weit ist, will Lex seinen Augen kaum trauen. Eine Gruppe von sechs oder sieben Teenagern kommt die Straße entlangmarschiert. Alle sind wie Clowns verkleidet, das Gesicht weiß und rot geschminkt, eine rote Plastiknase aufgesetzt, eine grelle Perücke auf dem Kopf. Mit Hupen und Spielzeugtrommeln lassen sie jeden wissen, dass sie kommen – und dass sie die Eskorte von Top Hat sind. Dieser fährt mitten in der Gruppe auf einer Harley Davidson. Obwohl er auf seinem Motorrad sitzt, überragt er die anderen deutlich. Ein eleganter schwarzer Abendanzug mit Fliege, eine schrille Bauchbinde und ein Zylinder, der ein wenig schräg auf seinem Kopf sitzt, machen aus ihm einen vollkommenen Zirkusdirektor.

Als die Truppe auf der Höhe von Lex ist, kann dieser sehen, dass sich noch jemand bei Top Hat befindet, jemand, den er gut kennt: KC. Top Hat stößt KC beim Gehen mit einem Stock in den Rücken und herrscht ihn an: „Wo geht es jetzt lang?"

„Weiter geradeaus", antwortet KC leise.

‚Weiter geradeaus', schließt es Lex durch den Kopf. „O nein", wispert er. Er war hergekommen, um KC zu retten. Aber der Tribe Circus ist bereits auf dem Weg zur Mall! Er sinkt entmutigt zu Boden. Er muss einen klaren Gedanken fassen, schwirrt es ihm durch den Kopf. Er muss den Mall Rats helfen – aber wie? Er kann natürlich auf einem Weg zurückkehren, den der Tribe Circus nicht kennt. Jedoch könnte er seine Freunde nur warnen. Das würde nicht genügen.

„Ebony", sagt er leise. „Vielleicht bekomme ich die Locos dazu, mir zu helfen."

Glück und Unglück halten sich einmal mehr die Waage, stellt Lex fest, als er wenig später das neue Hauptquartier der Locos erreicht hat. Sein Unglück ist, vom Virus befallen zu sein. Aber er hat sehr viel Glück gehabt, unbemerkt bis in den obersten Stock des Hochhauses zu gelangen, in dem sich Ebony mit ihren Leuten eingenistet hat.

Lex steht an der Tür, die auf die Dachterrasse führt, und wartet, bis er wieder zu Atem kommt. Dann tritt er ins Freie. Ebony hält sich im Pool auf und schwimmt ihre Bahnen, ohne sich um das zu kümmern, was um sie herum vorgeht. Offenbar ist sie völlig sicher, dass ihre Leute gut auf sie aufpassen. Am Poolrand steht ein Ghettoblaster, aus dem Musik dröhnt. Gerade taucht sie zurück, als Lex sich an den Poolrand stellt und wartet, bis sie aus dem Wasser auftaucht, um Luft zu holen.

Als sie mit dem Kopf über Wasser kommt, sieht er, dass sie für den Bruchteil einer Sekunde zutiefst entsetzt ist, ihn vor sich zu sehen. Doch fast im gleichen Moment hat sie sich schon wieder gefasst.

„Hi, Ebony“, begrüßt Lex sie, als wäre er einer ihrer besten Freunde, und grinst.

„Was machst du hier?“, zischt sie wütend. Lex lächelt noch breiter. Er hat erkannt, dass sie nicht auf ihn wütend ist, sondern auf sich.

„Und wie siehst du eigentlich aus, Lex?“ Sie schwimmt ein Stück zurück, um den Abstand zu ihm zu vergrößern.

„Sag mir doch, wie ich aussehe“, fordert er sie auf. „Weißt du, ich hätte große Lust, auch ein paar Bahnen zu schwimmen. Was dagegen, wenn ich mich zu dir geselle?“

„Bleib, wo du bist!“, ruft sie entsetzt. „Du ... du hast den Virus!“

„Du bist doch gar nicht so dumm, Ebony“, erwidert er, ohne zu zögern. „Stell dir mal vor, was dein Tribe mit dir anstellt, wenn du dich bei mir ansteckst und ich deinen Leuten erzähle, dass du den Virus hast.“ Er schlendert zum Rand der Terrasse und wirft einen Blick nach unten. „Ich könnte mir vorstellen, dass sie dir einen Freiflug spendieren.“

„Was willst du?“

„Ich möchte dich um einen Gefallen bitten“, sagt Lex wie aus der Pistole geschossen.

„Du verschwendest nur meine Zeit“, gibt sie barsch zurück.

„Ich brauche deine Hilfe, Ebony. Top Hat und seine Irren brechen in die Mall ein. Ohne Hilfe sind die Mall Rats verloren!"

Sie sieht ihn ungläubig an. „Was denn? Soll ich vielleicht diesen jämmerlichen Ratten helfen?"

„Und was ist mit Bray?", fragt Lex anzüglich. „Wäre doch schade, wenn Top Hat sein hübsches Gesicht verunstaltet."

Ebony zuckt mit den Schultern. „Und wenn schon."

„Du musst ihnen einfach helfen. Sie werden sonst platt gemacht!"

Sie macht eine wegwerfende Geste. „Vergiss es, ich stehe nicht darauf, wenn man mich anbettelt."

„Wie du willst", meint er schließlich. „Ich werde dich infizieren, und selbst wenn es dir gelingt, das vor deinen Leuten geheim zu halten, werdet ihr bald ziemlich alt aussehen."

Er kniet sich lachend an den Rand des Pools. „Sieh dir doch mal mein Gesicht an! Überleg mal, wie alt ich bin und wie alt ich aussehe. Wer weiß, vielleicht bist du schon längst infiziert."

Ebony hält sich weiter in der Mitte des Pools auf. Lex bemerkt mit Genugtuung, dass sie nervös schluckt.

„Und jetzt stell dir vor, ich weiß, wo ich die Arznei finde, das Gegenmittel, das Mittel zum Überleben."

„Du lügst!", fährt sie ihn an.

„Glaubst du? Tja, anscheinend lebst du gern gefährlich."

Sie wirft ihm einen zornigen Blick zu und fragt ihn patzig: „Wo ist das Mittel?"

„Dreimal darfst du raten", sagt Lex und setzt sich an den Rand des Pools.

„Du bist widerlich", faucht sie schließlich und steigt aus dem Wasser.

„Wie heißt es doch so schön? Gleich und Gleich gesellt sich gern", gibt Lex zurück und lächelt sie an.

V-25, NICHT GETESTET!

Die Sirene des Polizeiwagens schallt durch die menschenleeren Straßen und verkündet bereits von weitem, dass die Locos unterwegs sind. Das Blaulicht wirft bizarre Schatten an die Hauswände und zuckt über die Graffitis. Im Scheinwerferstrahl ist der Abfall zu sehen, der vom Wind auf die Fahrbahn geweht und vom Wagen hochgewirbelt wird.

Dem Wagen folgt eine bizarre Prozession aus Locos auf Skateboards und Blades, die brennende Fackeln hochhalten, um die Nacht zu erhellen.

Am Steuer des Wagens sitzt Ebony neben einem Loco mit einer Furcht einflößenden Maske. Auf dem Rücksitz wippt Lex unruhig hin und her und beobachtet nervös, zwischen den Kopfstützen hindurch, abgebrochene Äste, die durch die leere Straße wirbeln.

„Na, komm schon, geht das nicht etwas schneller?“, drängt er.

„Nur die Ruhe, Lex“, gibt Ebony zurück und fährt mit unveränderter Geschwindigkeit weiter.

„Du hast gut reden, Ebony“, schimpft er. „Top Hat und seine Schläger können jetzt schon längst dasitzen und das Gegenmittel einnehmen.“

„Lex, wenn du willst, dass wir deinen Freunden helfen, dann halt die Klappe und lass mich fahren.“

„Ich hoffe bloß, du hältst nicht noch an einer roten Ampel an“, brummt er und lehnt sich erschöpft zurück. Der Virus zehrt immer mehr an seinen Kräften.

Die Fahrt geht weiter durch die leer gefegten Straßen. Lex schaut aus dem Seitenfenster. Hin und wieder meint er, in einem Hauseingang oder einer Seitenstraße eine flüchtige Bewegung auszumachen. Sobald er aber noch einmal hinsieht, scheint alles ruhig zu sein. Kaum jemand würde es wagen, sich den Locos zu zeigen, wenn diese durch die Stadt ziehen. Vielleicht bildet sich Lex die Schemen nur ein, vielleicht sind es aber auch irgendwelche Einzelgänger, die im letzten Moment Schutz suchen.

Obwohl sie für die Strecke nur wenige Minuten brauchen, kommt es Lex wie eine Ewigkeit vor. Er will sich nicht ausmalen, was mit den Mall Rats geschehen würde, wenn er zu spät eintrifft. Top Hat ist den Gerüchten nach zu allem fähig, und seine Clowns sind eine der am meisten gefürchteten Truppen, die in der Stadt und über die Stadtgrenzen hinaus ihr Unwesen treiben.

Endlich kommt die Mall in Sicht. „Um den Block herum in die Parallelstraße“, kommandiert Lex vom Rücksitz aus.

„Warum?“, fragt Ebony misstrauisch.

„Keine Angst, ich werde dich bestimmt nicht in eine Falle locken. Aber von vorne kommen wir nicht hinein, wenn die Gitter runter sind. Wir müssen durch die Tiefgarage rein.“

„Du wirst diesen Tag verfluchen, wenn du mich anlügst“, warnt Ebony ihn, fährt aber tatsächlich so, wie Lex es ihr gesagt hat.

Schon in der Tiefgarage bemerkt Lex den Brandgeruch. Er springt aus dem Wagen und rennt im Lichtkegel der Scheinwerfer zum Treppenhaus. Dort schlägt ihm bereits Rauch entgegen, aber Lex läuft weiter. ‚Hoffentlich leben sie noch‘, schießt es ihm durch den Kopf.

Die Mall ist rauchverhangen und aus dem Käfig dringen vereinzelte Angstschreie.

‚Sie leben', geht es Lex durch den Kopf. ‚Ein Glück!'

Er wirft einen kurzen Blick über die Schulter und sieht, dass Ebony mit den Locos dicht hinter ihm ist.

„Haltet durch", schreit er aus Leibeskräften. Als er am Käfig angekommen ist, bleibt er stehen. Er entdeckt Amber, die dicht am Gitter steht und versucht, durch den beißenden Rauch etwas zu erkennen.

„Lex?", ruft sie. „Bist du das?" Ein heftiger Hustenanfall drückt ihr die Luft zum Sprechen ab.

„Ja", brüllt er zurück und bleibt stehen, um mit dem Finger nach oben ins erste Stockwerk zu deuten. „Geht nach oben, da findet ihr den Mechanismus, der den Käfig öffnet!", sagt er zu zwei Locos, die sofort nach oben stürmen. Die anderen nehmen die Feuerlöscher, die an den Säulen der Mall verteilt aufgehängt sind, und versuchen damit, die Flammen zu ersticken.

„Macht schon! Zieht das Ding hoch!", schreit er nach oben. Der Käfig ist noch immer geschlossen.

Die beiden Locos im ersten Stockwerk haben mittlerweile den Mechanismus gefunden und ziehen mit aller Kraft das Gitter hoch. Während es sich Zentimeter für Zentimeter langsam nach oben bewegt, löschen Lex und die anderen Locos gerade den letzten Brandherd.

Die Mall Rats stimmen einen Freudenschrei an, als das Gitter hoch genug gezogen ist, um in die Freiheit zu gelangen. Patsy und Cloe zwängen sich als Erste unter dem stetig größer werdenden Spalt hindurch und eilen zu ihren Rettern. Sie ahnen nicht, dass es sich um Lex und Ebony mit ihren Leuten handelt. Erschrocken bleiben die beiden Kleinen stehen, als sie Lex' Gesicht sehen. Auch die anderen jubeln längst nicht mehr so laut, als sie Lex erkennen.

„Ich bin wohl gerade noch rechtzeitig gekommen, was?",

sagt er und setzt ein schiefes Lächeln auf. Niemand sagt etwas. Entsetzt hängt ihr Blick an Lex, der durch den Virus völlig entstellt und ausgezehrt ist.

„Tja, Lex", meint Ebony, „deine Freunde sind wohl nicht begeistert, dich zu sehen."

Patsy sieht Lex lange Zeit an, dann dreht sie sich zu Amber um und fragt mit einer unverblümten Direktheit, zu der nur ein Kind in der Lage ist: „Muss Lex jetzt auch sterben? So wie Glenn?"

Amber bringt keine Antwort zu Stande. Stattdessen schießen ihr Tränen in die Augen, gegen die sie nur mit viel Willenskraft ankämpfen kann.

Der Rauch hat sich weitestgehend verzogen, auch wenn es überall noch immer danach riecht. Während die Mall Rats zusammenstehen, sehen sich Ebony und die Locos in der zertrümmerten Mall um. Rings um sie liegen die verkohlten Überreste dessen, was der Tribe Circus verwüstet hat. Die Mall gleicht einem Schlachtfeld. Doch ganz gleich, wie heftig sich Top Hat auch ausgetobt hat, sie sind noch alle am Leben. Das haben sie zweifellos Lex zu verdanken. Und Ebony, auch wenn es ihnen schwer fällt, das zuzugeben.

„Hier gibt es nichts, was mich interessiert", tönt Ebony aus der entlegenen Ecke der Mall. „Was für ein Haufen Ratten!" Sie wirft einen verächtlichen Blick in eine Buchhandlung, in der einige Bücher dem Zorn des Tribe Circus entgangen sind. Schließlich kehrt sie zu den Mall Rats zurück. Ganz in ihrem Element wirft sie sich in Positur, und wenige Augenblicke später haben sich die Locos um sie versammelt.

„Ich danke euch allen vielmals, dass ihr gekommen seid", bedankt sie sich freundlich bei ihren Leuten. Die Augen zu Schlitzen zusammengezogen, schleudert sie in ihrer arroganten Art den Mall Rats ihre Gehässigkeiten entgegen. „Wenn ich euch so sehe, frage ich mich, ob es sich wirklich gelohnt hat. Aber was soll's. Ihr habt etwas, das wir haben wollen."

Sie sieht fordernd zu Lex, der beschämt den Blick senkt und so ernst wirkt, wie keiner der Mall Rats ihn je erlebt hat.

„Euer treuer Freund Lex, der mich gebeten hat, euch zu helfen, sagt euch, was wir abgemacht haben."

„Die Antwort ist nein, Ebony!", fällt Amber ihr ins Wort.

„Nein?", erwiderte Ebony und lacht spöttisch. „Ich kann mich nicht erinnern, wann ich das zum letzten Mal gehört habe!"

„Du kriegst es nicht!"

„Ich kriege *was* nicht?"

„Egal. Du kriegst nichts von dem, was uns gehört."

„Meine liebe Amber, ich will nicht *irgendwas*, ich will das Gegenmittel. Ich habe ein Recht darauf! Ich habe euch gerettet, ihr seid mir etwas schuldig, und zwar etwas ganz Großes. Ihr könnt es mir freiwillig geben, dann wird niemandem hier ein Haar gekrümmt. Oder ich lasse es Stück für Stück aus euch herausprügeln. Wir fangen mit Dal an. Wenn meine Jungs mit ihm fertig sind und das, was von ihm übrig ist, auf die Straße geworfen haben, werde ich euch wieder fragen, wo das Gegenmittel ist. Wenn ich noch immer keine Antwort bekomme, nehme ich mir den Nächsten vor. Und so geht es dann weiter und weiter. Könnt ihr mir folgen?"

Während die Gruppe sie noch sprachlos anstarrt, gibt sie zwei der Locos ein knappes Handzeichen. Sofort packen sie Dal und ziehen ihn aus der Gruppe.

„Stopp!", erhebt sich eine Stimme aus den Reihen der

Mall Rats. „Hör auf! Tu ihm nicht weh! Keiner weiß, wo es ist, keiner, bis auf mich, ich habe es vor dem Tribe Circus versteckt!"

Jack vermeidet es, seine Freunde anzusehen, als er sich aus ihrer Mitte löst, um das Kästchen mit den Phiolen zu holen, in denen das Gegenmittel aufbewahrt wird.

„Braver Junge", sagt Ebony süß lächelnd und nimmt ihm das Kästchen ab. „Eine Geschichte mit Happyend. So was mag ich!"

Es entgeht den Mall Rats nicht, dass Ebony von dem Anblick des Gegenmittels genauso abgelenkt ist wie ihre Locos, die um sie herum stehen. Bray, Amber, Lex und die anderen tauschen blitzschnell Blicke aus, die alle das Gleiche besagen. Im nächsten Moment brüllt Bray: „Jetzt!" Es klingt wie ein Kampfschrei.

Bray, Ryan und KC stürmen auf das Kommando hin nach vorne und rennen gegen die Locos an, die so überrascht sind, dass sie sich nicht wehren können. Gleichzeitig macht Amber einen Satz auf Ebony zu. Die hat der plötzliche Angriff so sehr irritiert, dass Amber ihr mühelos das Kästchen mit dem Gegenmittel aus der Hand reißen und über die Treppe ins erste Stockwerk fliehen kann.

Zwar gelingt es den Locos, sich aus den Fängen ihrer Angreifer zu befreien, aber Amber ist für sie zu schnell.

„Holt sie euch gefälligst, ihr Trottel!", brüllt Ebony aufgebracht. Sofort stürmen einige Locos ins Obergeschoss, bleiben jedoch abrupt stehen, als sie sehen, dass Amber sich ans Geländer gestellt hat und das Kästchen mit den Phiolen am ausgestreckten Arm von sich hält.

„Einen Schritt weiter und ich lass es fallen, ich schwör's!", hallt Ambers Stimme durch die Mall, während ihr Blick auf Ebony ruht.

„Pass auf", entgegnet diese.

„Du kannst jetzt mit deinen Leuten abziehen", erklärt Amber knapp, „aber ohne das Gegenmittel!"

„Das kommt nicht infrage!"

„Wenn das so ist, lass ich es fallen", droht Amber mit normaler Lautstärke, die völlig ausreicht, da in der Mall Totenstille herrscht.

„Du bluffst nur!", meint Ebony kühl, zuckt aber deutlich erkennbar zusammen, als Amber eine Bewegung mit ihrem Arm macht, als wolle sie das Gegenmittel fallen lassen.

„Du hast die Wahl", zischt Amber.

„Wir haben euch gerettet, schon vergessen? Ihr schuldet uns was!"

Amber zuckt mit den Schultern. „Dein Pech, dass du uns geholfen hast, Ebony, aber du kriegst es nicht. Das kann unsere letzte Hoffnung sein, aber ich werde nicht zulassen, dass es in deine Hände gelangt."

„Gut, ich werde nicht weiter an deine Vernunft appellieren", sagt Ebony und scheint sich mit der Situation abgefunden zu haben. „Ich kann dich nicht umstimmen, aber ich kenne jemanden, der das kann."

Amber überlegt, was Ebony vorhat, und muss dann zu ihrem Entsetzen erkennen, dass zwei Locos Bray überwältigen und hinter sich her nach oben ins erste Stockwerk zerren, dicht gefolgt von Ebony. Sie kommen ein Stück auf Amber zu, dann drücken sie Bray ans Geländer. Er hätte schon längst das Gleichgewicht verloren, wenn die beiden ihn nicht festhalten würden.

„Was soll das?", fragt Amber in Panik und atmet heftig.

Ebony lächelt triumphierend. Du gibst mir das Gegenmittel, oder ich lasse deinen süßen Liebhaber in die Tiefe stürzen."

Amber schaut entsetzt zu Bray, der sich bemüht, seine eigene Angst zu verbergen. „Mach es nicht, Amber. Hör nicht auf sie!“, versucht er sie zu beruhigen.

„Oh, mein Gott“, keift Ebony. „Nicht schon wieder ein Held. Helden gehen einem auf die Nerven, was, Amber? Die tun immer so, als wären sie besser als der Rest von uns.“

Amber steht wie erstarrt da.

„Glaub mir lieber, Amber, ich bluffe niemals!“, fährt Ebony fort.

„Du darfst es ihr nicht geben!“, ruft Bray, erhält dafür jedoch sofort von einem der Locos eine Ohrfeige.

„Gib auf, Amber“, meint Ebony vergnügt. „Ich habe gewonnen. Du hast mich mit Bray den ganzen Weg bis oben gehen lassen und das Mittel nicht in die Tiefe gestürzt. Warum solltest du es jetzt noch tun?“

Amber starrt Ebony an und weiß, dass ihre Rivalin Recht hat. Sie hätte niemals den Tod eines anderen in Kauf genommen, um zu beweisen, dass sie nicht blufft. Das war es nicht wert. Sie macht einen Schritt auf Ebony zu.

„Amber, nein!“, schreit Bray.

„Tut mir Leid, Bray, aber ich kann nicht anders.“

Amber reicht Ebony behutsam das Kästchen.

Diese hält es triumphierend in ihren Händen und geht wieder nach unten ins Erdgeschoss, während Bray und nun auch Amber von den Locos festgehalten werden, damit sie nicht einschreiten können.

„Um sicherzugehen, dass das Gegenmittel wirkt, muss man es trinken“, sagt sie, als sie unten angekommen ist. Auf eine simple Kopfbewegung hin wird Lex von zwei Locos gepackt und aus der Menge gezogen.

„Was soll das?“, fragt dieser aufbrausend.

„Du kannst gar nicht verlieren, Lex. Du darfst einen Schluck davon trinken und kannst weiterleben!"

„Ohne mich!"

„Was ist los, Lex? Willst du nicht weiterleben?", fragt Ebony spöttisch. „Oder meinst du etwa, es würde gar nicht wirken? Du wirst mich doch nicht belogen haben, du Böser?"

„Wir wissen wirklich nicht, ob es das richtige Mittel ist", ruft Jack dazwischen. „Es ist noch nicht getestet."

Ebony zuckt mit den Schultern. „Das ist mir egal, wir werden es so oder so bald wissen." Sie sieht zu Lex. „Stell dir einfach vor, du bist das wichtigste Versuchskaninchen der Welt."

„Es könnte mich umbringen!", wendet Lex ein.

„Auch gut, dann wissen wir wenigstens, dass es das falsche Mittel ist", erwidert sie so beiläufig, als würde es ihr wirklich nichts ausmachen, ihn zu töten.

Die beiden Locos zwingen Lex auf die Knie, was in seiner Verfassung nicht weiter schwierig ist. Dann zieht einer der beiden Lex' Kopf nach hinten, bis dem gar nichts anderes übrig bleibt, als den Mund aufzumachen. Ebony nimmt rasch eine der Phiolen aus dem Kästchen, öffnet sie und kippt den Inhalt in seinen Mund. Lex hat keine andere Wahl, als die sonderbare Flüssigkeit zu schlucken.

„Na also, war doch gar nicht so schwer, oder?", sagt sie und schnippt mit den Fingern, um die Aufmerksamkeit der Mall Rats wieder auf sich zu lenken. „Wir müssen jetzt leider gehen. Aber wir nehmen Lex mit, um unser kleines Experiment im Auge zu behalten."

Die Locos, die Amber und Bray in Schach gehalten haben, kommen mit den beiden nach unten. Während Ebony mit den übrigen Locos den Rückzug antritt, ruft Bray ihr nach: „Ebony! Bitte, lass uns was vom Gegenmittel da!"

„Ach weißt du, Bray", erwidert sie. „Ich glaube, das mache ich nicht. Aber vielleicht nehme ich noch was anderes mit." Sie macht eine kurze Pause. „Dich, Bray. Ja, ich denke, ich nehme dich mit."

Dann sieht sie zu Amber und lächelt sie niederträchtig an. „Es macht dir doch nichts aus, wenn ich ihn mir für 'ne Weile ausleihe, oder?"

Amber legt ihre Arme um Bray und gibt ihm einen letzten, langen Kuss, dann versetzen ihm die Locos einen Stoß, damit er weitergeht.

„Hab keine Angst", beruhigt er Amber. „Ich komme wieder."

Damit ist die Machtdemonstration von Ebony vorüber. Die Locos verlassen zusammen mit Lex und Bray die Mall in Richtung Tiefgarage.

„Das war es dann?", fragt Trudy nach einer Weile, als die Sirene des Polizeiwagens der Locos wieder draußen auf der Straße zu hören ist. „Die Locos haben das Gegenmittel *und* sie haben zwei von unseren Leuten?"

„Zwei von unseren Leuten haben sie sicher, und vielleicht haben sie auch das Gegenmittel", erwidert Jack. „Aber sie haben nicht die Disketten aus dem Labor. Selbst wenn das Mittel wirkt, ist es zu wenig, um alle Locos zu behandeln, die vom Virus befallen werden. Ebony hat vielleicht für den Moment die Lösung, aber wir haben den Schlüssel, um den Virus für immer zu besiegen."

Wir bewegen uns immer wieder zwischen Hochs und Tiefs. Eine ganze Weile ist vergangen, seit die Locos abgezogen sind. Wir haben noch ein paar Reserven auftreiben können, um nicht verhungern zu müssen, aber viele Lebensmittel haben wir nicht mehr.

Lex ist inzwischen zurückgekehrt. Als er herkam, war er ganz alt und faltig, aber jetzt sieht er wieder aus wie bei unserem ersten Zusammentreffen. Das Gegenmittel wirkt wenigstens. Bray ist immer noch in Ebonys Gewalt. Nach allem, was Lex erzählt, will sie sich an ihn heranmachen. Ich kann mir jedoch nicht vorstellen, dass sie damit Erfolg haben wird. Vielleicht rede ich mir aber auch nur etwas ein. Oder Lex erzählt mir das, um mich zu ärgern. Immerhin ist er wieder ganz der Alte.

Und Zandra bekommt ein Baby – von Lex. Damit hat er wohl nicht gerechnet, als er ihr vor seinem Aufbruch die Wahrheit gesagt hat. Damit hätten wir dann zwei Babys bei den Mall Rats. Wie soll das weitergehen? Je mehr Babys wir im Tribe haben, umso schwieriger wird es, wenn wir uns vor Angreifern schützen müssen.

Aber es ist sicher noch zu früh, um sich darüber Gedanken zu machen, denn im Augenblick liegt eine viel wichtigere Aufgabe vor uns: Jack hat den Code geknackt! Auf den Disketten befinden sich die Koordinaten von Eagle Mountain. Keiner von uns weiß zwar, was es damit auf sich hat, aber Tai-San hatte fast zur gleichen Zeit eine Vision, die ebenfalls auf Eagle Mountain hindeutet. Sieht so aus, als würden wir dort mehr darüber erfahren, wie wir vielleicht überleben können.

Es war keine lange Diskussion erforderlich, alle waren der Ansicht, dass wir so schnell wie möglich aufbrechen sollten, um herauszufinden, welches Geheimnis Eagle Mountain birgt. Lex und Ryan sind vorgegangen, um zu sehen, ob uns auf dem Weg aus der Stadt irgendwelche Hindernisse oder Hinterhalte erwarten. Was wird die Expedition nach Eagle Mountain ergeben? Ich bin gespannt, wann ich wieder dazu kommen werde, mein Tagebuch auf den aktuellen Stand zu bringen.

Die richtige Entscheidung

Ich komme doch früher wieder zum Schreiben, als ich dachte. Wir sind gerade auf dem Weg nach Eagle Mountain und machen Rast. Unsere Nahrungsreserven sind fast aufgebraucht. Wir müssen dafür sorgen, dass wir wieder etwas bekommen. Hauptsächlich Trudy und Zandra müssen normal essen und dürfen nicht hungern. Aber wenn das so weitergeht …

Gerade sind wir nur durch Glück und durch Lex' Einfallsreichtum einer gefährlichen Situation entgangen.

Ryan und Lex wollten den Weg auskundschaften und waren uns weit vorausgegangen. Mit Zandra, Trudy und Brady sind wir viel zu langsam und müssen zudem noch vorsichtiger sein.

Auf einem Handkarren haben wir das Nötigste, was wir aus der Mall brauchen, zusammengepackt. Obwohl sich jeder nur das Wichtigste mitgenommen hat, ist der Wagen viel zu schwer geworden. Dal und Jack haben ihre Mühe, ihn einigermaßen manövrieren und ziehen zu können.

Kaum waren wir ein paar Straßen von der Mall entfernt, hörten wir Polizeisirenen. Wir hatten keinen Zweifel – die Locos fuhren wieder ihre Streife. Zandra war kurz vorm Durchdrehen und fluchte, dass wir gerade jetzt – ohne Lex und Ryan – unterwegs waren. Die Kleinen wollten unbedingt umkehren und in die Mall zurück. Einzig Dal behielt einen kühlen Kopf und lotste uns in eine Seitenstraße, um uns in Sicherheit zu bringen. Doch keiner ahnte, dass wir genau in die Falle gingen. „Crazies" – mit diesem Tribe hatten wir bisher glücklicherweise noch nie zu tun. Selbst auf dem Treffen der Tribes konnten wir ihnen aus dem Weg gehen.

Üble Burschen, mit schrecklich düsteren Fratzen kreisten uns wie Hyänen ein. Tai-San wollte sie auf ihre Art beschwichtigen. Doch auf ihre Äußerungen: „Wir wollen nichts Böses! Wir kommen in Frieden!", reagierten sie nur mit hysterisch schallendem Gelächter. Ihr Lachen wurde durch ein Motorengeräusch im Keim erstickt. Ein Motorrad kam die Straße entlanggebraust und wirbelte Staub auf. „Top Hat" stellte ein Crazy entsetzt fest. Ich dachte, das wäre unser Ende: Crazies und Tribe Circus – gegen beide würden wir es nie schaffen, uns durchzusetzen.'

Wider Erwarten traten die Crazies die Flucht an. Top Hat hatte wohl noch eine Rechnung mit ihnen offen. So schnell, wie sie aufgetaucht waren, haben sie sich wieder verzogen. In mir stieg Panik auf. Wohin sollten wir uns retten? Dal blickte mich ratlos an.

In dem Moment zieht Top Hat seinen Hut ab und ich musste zu meiner großen Überraschung erkennen, dass Lex auf dem Motorrad saß. Typisch Lex – ein toller Verwandlungskünstler. War ich froh, ihn wieder zu sehen! Die Kleinen, Cloe und Patsy, jubelten und Zandra fiel Lex vor Erleichterung schluchzend in die Arme.

Die gute Laune in der Gruppe hält seit der Rast an. Lex macht übermütig seine Witze über die verschreckten Gesichter, die sich ihm bei seinem Auftritt als Top Hat boten. Mitten im Gespräch bleiben die Mall Rats abrupt stehen und verstummen. Vor ihnen liegt eine Straßenbarrikade. Hinter ihr steht eine Horde Teenager, die einen Angst einflößenden und beunruhigenden Eindruck macht.

Einer der Teenager tritt ein Stück nach vorn und ruft ihnen aufgebracht zu: „Stehen bleiben! Ihr geht keinen Schritt weiter!“

„Was soll das?“, erwidert Lex wütend.

„Wir haben keinen Bock auf Pestopfer! Na los, lauft zurück in die Stadt, wo ihr herkommt!“

„Wir sind nicht infiziert“, erwidert Tai-San.

„Wir wissen von dem Virus! Wir lassen euch hier nicht durch, klar?“

„Ich hör wohl nicht richtig!“, meint Lex und dreht sich um. „Komm, Ryan, denen zeigen wir's.“

In diesem Augenblick kommt ein Stein geflogen, der Lex leicht an der Schulter trifft.

„Hey, was ist denn jetzt los?“, brüllt er aufgebracht, kann die Gegenseite damit aber nicht beeindrucken.

„Ich werde jetzt langsam bis drei zählen“, sagt der Teenager und versucht, bedrohlich zu klingen. „Wenn ihr bis dahin nicht abgehauen seid, könnt ihr eure Knochen einzeln aufsammeln!

Diese Worte verfehlen ihre Wirkung nicht. Die beiden Gruppen stehen sich schweigend gegenüber. Auf einmal tauchen zu beiden Seiten der Straße weitere Jugendliche auf, die sich alle mit Steinen bewaffnet haben. Die Mall Rats sind nicht nur zahlenmäßig unterlegen, sondern sie sind auch nicht in der Lage, einen massiven Steinhagel abzuwehren. Rückzug scheint die einzige Lösung, zumal die feindselig eingestellten Teenager Anstalten machen, ihre Wurfgeschosse jeden Augenblick einzusetzen.

In diesem Moment hören sie hinter sich ein tiefes Brummen, begleitet von einem Hupkonzert. Sekunden später kommt ein alter, mit Graffiti übersäter Omnibus mit quietschenden Reifen um die Kurve gebogen, als wolle er ungebremst in beide Gruppen rasen. Erst auf den letzten Metern drosselt der Fahrer die Geschwindigkeit. Sein Gesicht ist nicht zu sehen, da sich die Sonne in der Windschutzscheibe spiegelt.

„Was ...“, beginnt Amber, dann erkennt sie Ebony in der geöffneten Vordertür. Sie lehnt aus dem Bus und gestikuliert wild umher.

„Die Locos!“, flüstert Lex entsetzt.

„Das war's dann wohl“, meint Zandra und lässt die Schultern sinken.

„Los, Leute, kommt! Steigt ein! Macht schon!“, schreit Ebony ihnen zu und fuchtelt aufgeregt mit der freien Hand.

„D ... das sind gar nicht die Locos“, stottert Trudy plötzlich. „Da sitzt Bray am Steuer!“

Die anderen erkennen, dass Trudy die Wahrheit sagt.

„Schnell!“, ruft Bray ihnen zu. „Los, macht schon. Steigt ein!“

„Beeilt euch!“, drängt Ebony.

Sie rennen los, während die Teenager, die die Barrikade errichtet haben, einige Sekunden brauchen, ehe sie verstehen, was da vor ihren Augen abläuft.

Als sie schließlich reagieren, haben sich bereits fast alle Mall Rats in den Bus geflüchtet. Jack ist der Letzte von ihnen und hat das Pech, von einem der Jugendlichen gepackt zu werden. Er strampelt und wehrt sich gegen den Griff an seinem Rucksack, kann sich aber nicht befreien. Da alle genug damit zu tun haben, sich selbst in Sicherheit zu bringen, bleibt Jack nichts anderes übrig, als den Rucksack abzustreifen. Sein Verfolger verliert den Halt und taumelt nach hinten. Als Letzter rettet sich Jack in den Bus.

Ebony ruft Bray zu: „Wir sind vollzählig, gib Gas! Los!“

Sie schließt die Tür, während Bray den ersten Gang einlegt und dann mit Vollgas auf die Barrikade zuhält. Die Jugendlichen, die sie errichtet haben, können sich nur mit einem Sprung in den Graben retten, um nicht von dem Bus überrollt zu werden. Die anderen, die am Straßenrand stehen, schleudern ihre Steine auf den Bus, treffen aber nur einmal. Eine Scheibe wird zerschmettert.

Der Stein verfehlt Lex nur knapp, der sich aus dem zerborstenen Fenster lehnt und brüllt: „Ich vergesse nie ein Gesicht, Freundchen. Wenn ich dich wieder sehe, bist du erledigt!"

Dann durchbricht der Bus mühelos die Barrikade und lässt die wütende und enttäuschte Gruppe hinter sich zurück. Im Bus herrscht Jubel über diesen unerwarteten Sieg.

Ebony sitzt auf ihrem Platz neben dem Fahrer und schüttelt den Kopf. „Allmählich bin ich es leid, diese Typen ständig zu retten", erklärt sie Bray. Sie sagt es nicht in ihrem herablassenden Ton. Im Gegenteil, es klingt fast nett.

Das Glück ist eindeutig auf der Seite der Mall Rats, denn erst als sie sich in sicherer Entfernung von der aufgebrachten Menge befinden, versagt der Bus seine Dienste. Nach einigen kurzen Aussetzern und einem heftigen Krachen verstummt der Motor völlig. Jeder Versuch, ihn wieder zum Laufen zu bringen, ist vergebens. Die Maschine ist hoffnungslos heißgelaufen, und nach allem, was Jack über Technik weiß, haben sich vermutlich die Kolben festgefressen.

Die Mall Rats stehen zusammen mit Ebony um den Bus herum. Die Landschaft, in der sie jetzt festsitzen, hat etwas Idyllisches an sich, was so gar nicht zu der Situation passen will, in der sie sich befinden.

Jack dreht sich zu Ebony und fragt: „Wo hast du die alte Rostschüssel eigentlich her?"

„Ich hatte den Bus gut versteckt", erwidert sie stolz. „Für Notfälle wie diesen hier."

„Wussten die Locos davon?"

„Diese Krücken?", gibt sie zurück. „Die kriegen doch nie was mit!"

Völlig fassungslos wendet Lex sich Ebony zu: „Wie? Hör ich richtig? So sprichst du über die Locos? Ich dachte, du bist der Boss."

„Wo wir gerade beim Thema sind, Ebony", fragt Amber. „Wie kommt es eigentlich, dass du dich ohne deine treuen Anhänger auf den Weg machst, um uns zu retten? Hast du keine Angst, dass sie dich während deiner Abwesenheit entmachten?"

Ebony sieht zur Seite und schweigt peinlich berührt. Schließlich antwortet sie: „Es gab interne Streitigkeiten. Spike hat versucht, mich aus dem Weg zu räumen und die Kontrolle über die Locos zu übernehmen. Ich ... ich hatte keine andere Wahl, als die Flucht zu ergreifen. Zusammen mit Bray bin ich in die Mall gekommen, und da haben wir den Zettel entdeckt, dass ihr auf dem Weg nach Eagle Mountain seid. Na ja, ich hatte nichts Wichtigeres zu erledigen, da dachte ich, ich rette euch mal wieder aus einer Klemme."

„Wollen wir hier stehen bleiben", wirft Dal ein, „oder machen wir uns jetzt zu Fuß auf den Weg? Ich glaube kaum, dass Eagle Mountain zu uns kommt, wenn wir hier warten."

„Dal hat Recht", sagt Trudy. „Wenn wir hier bleiben, kommen uns vielleicht noch diese Verrückten hinterher. *Ich* möchte die so schnell nicht wieder sehen."

„Ach ja, Ebony“, sagt Lex, nachdem sich die Mall Rats zu Fuß auf den Weg gemacht haben. „Ich habe noch nicht vergessen, dass ich für dich das Versuchskaninchen gespielt habe und dass du mich fortgejagt hast, als das Gegenmittel nicht gewirkt hat. Nur, damit du es weißt. Für den Fall, dass ich mich mal bei dir revanchieren kann.“

„Was heißt, es hat nicht gewirkt?“, entgegnet sie bissig. „Du siehst doch fast wieder wie ein Mensch aus, jedenfalls so sehr, wie es in deinem Fall möglich ist.“

„Aber das verdanke ich nicht dir, Süße.“

„Lex, hör auf!“

Er sieht zu Bray, der ihn gerade ermahnt hat. „Was ist? Du verteidigst sie auch noch? Warum, Bray? Läuft was zwischen euch? Irgendwas, was wir alle wissen sollten?“

Bray antwortet nicht, und Ebony vermeidet es, einen der anderen anzusehen.

„Verdammt, sie hat euch vorhin das Leben gerettet“, redet er schließlich weiter, ohne auf Lex’ Fragen einzugehen. „Kannst du es nicht einfach mal gut sein lassen? Ich glaube, wir haben schon genug Probleme, mit anderen Tribes in Frieden zu leben, da müssen wir uns doch nicht auch noch untereinander bekriegen.“ Er sieht zu Tai-San. „Erzähl mir lieber was über diesen Eagle Mountain. Was sollen wir da finden?“

Amber geht ein Stück hinter Bray und betrachtet ihn misstrauisch. Er hat nicht auf das geantwortet, was Lex wissen wollte. Läuft da tatsächlich etwas zwischen ihm und Ebony? Wenn es nicht der Fall ist, warum sagt er das nicht einfach? Ebony ist nicht der Typ, der mit dieser Wahrheit nicht umgehen kann. Oder will Bray sie, Amber, schonen, indem er ihr verschweigt, was wirklich Sache ist oder war?‘

„Gute Frage“, sagt Dal, nachdem er Tai-Sans Blick bemerkt hat.

„Alle Informationen, die der Computer ausspuckt“, erwidert Jack, „deuten auf was Großes hin, auf was Wichtiges.“

„Und was?“, hakt Bray nach. „Ein Mittel gegen den Virus?“

„Ja. Oder Erwachsene“, sagt Jack. „Wir wissen es nicht.“

„Na, großartig!“, ruft Ebony in die Runde. „Das heißt, wir riskieren hier alle unseren Hals, weil irgendein halbwüchsiger Hüpfer am Computer rumgespielt hat und uns dann auf irgendeinen Berg scheucht! Du weißt nicht mal, was uns das eigentlich bringen soll? Also ehrlich, du bist ja noch blöder als diese Trottel von Locos, mit denen ich mich herumgeschlagen habe.“

„Ebony“, wirft Tai-San verärgert ein. „Du willst immer alles nur mit dem Verstand erklären. Aber das hier ist eine spirituelle Erfahrung. Vielleicht bist du für so etwas nicht reif genug!“

„Versuch doch, es mir zu erklären!“, fordert sie Tai-San auf.

„Du musst wissen, wie du die Zeichen deuten musst.“

„Welche Zeichen?“

Tai-San macht eine ausholende Geste: „Alle Zeichen. Die Computerdaten, meinen Traum. Das alles ist Teil eines großen Ganzen. Auch, dass du mit dem Bus aufgetaucht bist, ist ein Zeichen.“

Ebony geht weiter neben Tai-San her und schüttelt den Kopf. Sie kann es nicht glauben, dass sie sich so etwas tatsächlich anhört.

Bray wirft einen Blick über die Schulter und sieht, dass Amber ein Stück hinter ihm geht. Er wartet, bis sie auf seiner

Höhe angelangt ist. Amber ist so in Gedanken versunken, dass sie ihn dann auch erst bemerkt.

„Amber?“, fragt er vorsichtig. „Was hast du? Sag's mir.“

„Kannst du dir das nicht denken, Bray?“, gibt sie mit ernster Miene zurück.

„Nein, kann ich nicht. Bist du nicht froh, mich zu sehen? Oder hat das was mit Ebony zu tun?“

Sie verzieht den Mund und sagt sarkastisch: „Wow! Bist du etwa Gedankenleser? Ich möchte wetten, du wirst mir gleich erzählen, dass zwischen euch nichts läuft, richtig?“

„Zwischen uns ist nichts“, erwidert er sanft. „Ehrlich.“ Er hält die rechte Hand aufs Herz. „Glaub mir doch!“

Amber sieht ihn enttäuscht an. „Mach es nicht noch schlimmer, Bray. Lass uns einfach so tun, als wäre nie etwas zwischen uns gewesen. Ist wohl mein Fehler. Ich habe ja gewusst, wie du bist. Ich dachte wohl, bei mir würde es irgendwie ... anders sein. Da habe ich mir wohl was vorgemacht.“

„Aber es ist die Wahrheit“, entgegnet er gequält.

„Bray, ich wollte es ja eigentlich nicht ansprechen, aber ich weiß von dir und Ebony. Bevor es Zoot gab.“

Er ist einen Moment lang perplex. Er hat nicht damit gerechnet, dass Amber davon erfahren könnte. ‚Vielen Dank, Trudy‘, formuliert er wütend in Gedanken. Sie ist die Einzige, die es ausplaudern konnte. „Aber das ... das war nichts. Das ist schon eine Ewigkeit her.“

„Dann hättest du es ja von dir aus sagen können“, sagt Amber leise und sieht ihn an. „Tu mir einen Gefallen, Bray. Verzieh dich!“ Sie beschleunigt ihr Tempo und schließt sich den anderen an, während Bray verwirrt hinter ihr zurückbleibt.

Die Zeit verstreicht so unerträglich langsam, dass die Mall Rats zeitweise das Gefühl haben, auf der Stelle zu treten. Die Landschaft um sie herum sieht immer gleich aus. Ein Hügel gleicht dem anderen, und nirgends sind markante Punkte auszumachen, an denen man messen könnte, wie gut man vorwärts kommt.

Dal geht seit einigen Minuten neben Jack, da fragt er ihn plötzlich: „Wie weit ist es noch?"

Jack zuckt zusammen, als er die Frage hört. Er sieht sich rasch um und stellt erleichtert fest, dass die anderen zu weit entfernt sind, um Dal hören zu können.

„Ein Stück", antwortet er ausweichend.

„Und wie weit ist dieses Stück?"

Unmotiviert lässt Jack seinen Kopf hängen. „Keine Ahnung." Dann flüstert er weiter: „Ich habe die Karte und den Kompass verloren, als wir zum Bus gerannt sind. Einer von diesen Typen hatte mich am Rucksack festgehalten, und den habe ich jetzt nicht mehr."

Dal reißt die Augen weit auf. „Soll das etwa heißen, wir müssen ohne Karte und Kompass klarkommen und haben als einzigen Anhaltspunkt diesen Traum?"

„Pscht", zischt Jack leise. „Wenn du es laut genug sagst, werden es ganz bestimmt alle mitbekommen."

„Und was ist mit Tai-San?"

„Keine Ahnung, aber ich kann sie ja mal fragen." Jack

dreht sich um und erkennt, dass sie wenige Meter hinter ihnen geht. Sie ist im Moment allein.

„Tai-San", ruft er und winkt sie zu sich.

„Was ist los, Jack?", fragt sie, als sie die beiden eingeholt hat.

„Hast du zufällig noch was geträumt?", will Jack wissen. „Irgendwelche genaueren Angaben?"

„Immer nur dasselbe", antwortet sie. „Warum fragst du? Hast du etwas geträumt?"

„Wenn, dann würde ich nur träumen, dass ich meinen Kompass und die Karte wieder hätte", sagte er.

„Du ... du hast sie nicht mehr?"

Jack beichtet sein Missgeschick und erntet von Tai-San daraufhin einen mitfühlenden Blick. „Wir sollten den anderen nichts davon sagen", meint sie schließlich und geht ein paar Schritte, um dem Rest der Gruppe zuzurufen: „Wir müssen zu den beiden Anhöhen, auf dieser Seite. Dazwischen liegt ein bewaldetes Tal. Da gehen wir durch. Fünf oder sechs Meilen." Mit dem ausgestreckten Arm deutet sie auf zwei kleinere Berge.

„Und dann?", ruft Bray zurück.

„Dann sind wir unserem Ziel fünf oder sechs Meilen näher", erwidert sie so selbstsicher, dass niemand auch nur ahnen kann, was in Wahrheit los ist. „Wir kriegen das schon hin", sagt sie zu Jack und drückt seine Schulter.

„Danke!", sagt er leise.

Die Straße wird allmählich steiler. Um das Ziel zu erreichen, müssen sie die Straße verlassen, durch Wiesen und Weiden laufen und über kleinere Felsen steigen. Das Gelände wird immer unwegsamer und entwickelt sich fast zu einer Kletterpartie.

„Oh, nein, ich kann nicht mehr“, stöhnt Jack nach einer Weile. „Noch einen Schritt weiter, und ich falle tot um.“

„Wenn du nicht weitergehst und die anderen die Wahrheit erfahren, dann kannst du dir das Totumfallen sicher sparen“, sagt Dal leise und grinst schief.

„Witzbold!“, gibt Jack zurück.

„Von da oben haben wir den besten Ausblick“, murmelt Tai-San, die immer noch dicht hinter den beiden ist. „Wenn wir Eagle Mountain von dort sehen, musst du überhaupt nichts sagen.“

„Ja, ich weiß, Tai-San. Du hast Recht.“ Erschöpft setzt er reflexartig einen Fuß vor den anderen, den Blick auf den Gipfel gerichtet.

„Ich hoffe, da oben ist eine Imbissbude“, ruft Lex aus dem Hintergrund. „Wie weit ist es noch?“

Jack schüttelt schwach den Kopf. „Ich halte das nicht mehr aus, Tai-San“, sagt er über die Schulter. „Ich muss den anderen sagen, dass die Karte weg ist.“

„Warte, bis wir oben sind“, widerspricht sie ihm.

„Meinst du?“ Er lächelt schwach. „Dann können sie mich wenigstens von ganz oben vom Fels stürzen.“

Tai-San aktiviert ihre letzten Reserven und überholt die beiden. Der Gipfel scheint zum Greifen nahe, aber keiner der Mall Rats hat das Gefühl, dieses letzte Stück noch bewältigen zu können.

„Jack! Jack!“, ruft Tai-San auf einmal, als sie außer Sichtweise ist. „Wir haben es geschafft!“

Ein Jubel geht durch die Gruppe, die über den steilen Pfad verstreut ist. Jack schließt erleichtert die Augen. „Endlich“, flüstert er und gibt sich einen Ruck, um die letzten Meter zurückzulegen.

Der Gipfel! Endlich. Es ist geschafft. Den Freunden bietet

sich ein uneingeschränkter Blick auf die Felslandschaft rings um sie herum. Direkt vor ihnen zeichnet sich ein riesiger strahlend weißer Kuppelbau ab, der majestätisch auf dem Gipfel des Bergs thront. Mit seiner sanft gewölbten Oberfläche eindeutig ein Fremdkörper in dieser schroffen, zerklüfteten Umgebung!

„Was ist denn das?", fragt Salene erschöpft.

„Sieht nach einem Observatorium aus", antwortet Jack.

„Ob da Leute drin sind?", überlegt sie.

„Wenn wir schon hier sind", wirft Lex ein, „dann könnten wir doch eigentlich mal nachsehen, ob da noch jemand lebt."

„Wir sollten ein paar Minuten ausruhen, sonst brechen wir vor Erschöpfung zusammen, wenn wir drinnen sind", schlägt Dal vor. „Je nachdem, wer oder was uns da erwartet, wäre das nicht so gut."

„Ich mach's zwar nicht gerne", meint Lex grinsend, „aber ich muss dir Recht geben."

Ebony sieht sich um und entdeckt, dass Amber sich am Rande der Clique auf der Wiese niedergelassen hat, die das ganze Felsplateau rund um das Observatorium einnimmt. Das Mädchen mit den Rastazöpfen schlendert hinüber und setzt sich schließlich neben die grübelnde Amber.

„Da hänge ich meinen lockeren Job als Anführerin an den Haken ...", beginnt sie unverfänglich. „Und für was? Um auf einen Berg zu klettern und vor irgendeinem Observatorium zu stehen."

„Es hat dich niemand gezwungen, mit uns zu kommen", erwidert Amber kühl.

Ebony zuckt mit den Schultern. „Nein, da hast du Recht. Ich habe einfach auf meinen Instinkt gehört."

„Wäre nicht das erste Mal", meint Amber bitter.

Ebony ignoriert die spitze Bemerkung. Seit sie nicht mehr von ihren Gefolgsleuten umgeben ist, muss sie sich ein wenig beherrschen. Bislang hat sie jederzeit aufbrausen und zwei oder drei ihrer Leute vorschicken können, um die Drecksarbeit zu erledigen. Jetzt steht sie ganz allein da und muss vorsichtig sein.

„Ach, übrigens", fährt sie freundlich fort. „Ich glaube, ich muss da mal was aufklären, was Bray und mich angeht."

Amber lehnt sich zurück und schließt die Augen. „So?"

„Ja. Ich habe ihn schon immer sehr gemocht, schon früher, musst du wissen. Aber du kennst ja Bray. Gerade, wenn du glaubst, dass er mit dir zusammen ist, ist er schon wieder weg."

„Ist er das?", gibt Amber scheinbar desinteressiert zurück. Ebonys Gesichtszüge verfinstern sich. Sie ist es nicht gewöhnt, dass man so mit ihr redet. Sonst ist sie diejenige, die gegenüber anderen die gelangweilte Tour mimen kann. Ambers Kühle regt sie furchtbar auf.

„Na, egal. Ich wollte dir nur sagen, dass ich es trotzdem noch mal versucht habe. Aber er hat nicht angebissen. Ehrenwort. Er gehört ganz allein dir. Du glaubst mir doch, oder?"

„Ebony", gibt Amber spitz zurück. „Wenn ich dir nicht glauben könnte, wem sollte ich dann noch glauben?"

Ebony schnauft wütend, weil sie nicht zu Amber durchdringt. Sie steht auf und kommt an Bray vorbei, der sich einige Meter entfernt ins Gras gelegt hat. „Ich habe getan, was ich konnte. Sie glaubt mir nicht", sagt sie schroff.

„Danke", erwidert er nur. Er hat sie klar und deutlich reden hören, und er weiß, dass sie mit diesen Worten Amber ganz sicher nicht für sich hätte gewinnen können.

Die Mall Rats haben Glück, dass sich auf der ihnen zugewandten Seite des Observatoriums eine Tür befindet, die über eine kurze Treppe leicht zu erreichen ist.

Lex ist im Nu an der Tür. „Abgeschlossen!“

„Was ist mit dem Keller?“, ruft Jack ihm zu, der beim Näherkommen eine andere Tür weiter unten entdeckt hat.

Lex lächelt sarkastisch. „Ladys first.“

Bevor Jack etwas machen kann, läuft Bray die Treppe hinunter.

„Kommt her, die ist offen!“

Die Mall Rats folgen ihm und gelangen in das Observatorium. Nachdem sie sich durch einen langen Gang geschlichen haben, erreichen sie schließlich einen abgedunkelten Raum. Dies ist möglicherweise das Kontrollzentrum der Anlage.

„Kann mal jemand das Licht anmachen?“, fragt Lex. Als habe er die magischen Worte gesprochen, mit der Ali Baba den Eingang zur Höhle öffnet, springt irgendwo im Gebäude ein Generator an und Momente später flammen Neonröhren auf. Sie tauchen den Raum in kaltes, schneeweißes Licht.

Nachdem sie sich an die extreme Helligkeit gewöhnt haben, können sie sehen, dass sie sich tatsächlich in einem kargen Hi-Tech-Kontrollraum befinden.

„Wir sollten ausschwärmen“, schlägt Bray vor, „und sehen, ob wir etwas finden, das uns weiterhilft.“

Jeder beginnt zu suchen – wonach weiß keiner so richtig. Die Strapazen der Reise sind schlagartig vergessen, die Neugier hat die Oberhand gewonnen. Jeder hat den Ehrgeiz, die Lösung zu finden.

Ebony ist neben Trudy stehen geblieben, die Brady im Arm hält und sich nicht an der Suche beteiligt. „Wie jämmerlich", meint Ebony. „Bray sagt ihnen was, und wie dumme Schäfchen folgen sie ihm aufs Wort."

„Halt die Klappe!", gibt Trudy kühl zurück.

Ebony sieht sie verblüfft an: „Was hast du gesagt?"

„Du hast schon verstanden, Ebony", sagt Trudy trotzig. „Du hast schon genug Ärger gemacht! Wenn es dir hier nicht gefällt, dann hau doch ab. Dich vermisst keiner."

Ebony steht nur da und sieht Trudy sprachlos nach, die zu Jack und Dal geht. Beide haben inzwischen einen der Computer hochgefahren, aber der Monitor bleibt dunkel. Tai-San befindet sich hinter den beiden und fixiert gebannt den Bildschirm. Dabei lässt sie aber erkennen, dass sie Computern unverändert skeptisch gegenübersteht.

„Und?", fragt sie. „Tut sich was?"

„Nichts", erwidert Jack genervt.

„Versuch es noch mal mit den Koordinaten", schlägt Dal vor.

„Da rührt sich nichts. Ich habe es doch gerade versucht."

„Und was jetzt?", fragt Cloe enttäuscht und spielt nervös mit einer ihrer dicken Locken.

„Das fragen wir uns alle", sagt Tai-San.

„Das Teil soll uns endlich was gegen den Virus ausspucken", ruft Lex ungeduldig dazwischen und stürzt sich auf das Dosenessen, das sie bei ihrer Durchsuchung in einem der Schränke gefunden haben. „Und dann gehen wir als Helden in die Geschichte ein. Reich werden wir auch, wenn wir die Formel in die Hand kriegen."

„Wieso sagst du ihnen nicht die Wahrheit?", will Ebony plötzlich wissen. Lex wird bleich, seine Hände werden klamm. „Halt du dich da raus!", fährt er sie an, aber die anderen sind bereits hellhörig geworden.

„Na, mach schon", bohrt Ebony unnachgiebig nach.

„Sag ihnen, was mit dem Gegenmittel geschehen ist, das wir schon hatten. Dem du dein Leben zu verdanken hast. Oder hast du Angst, dass der coole Lex dann kein Held mehr ist?"

„Weißt du, wovon die redet, Lex?", fragt KC misstrauisch.

„Jemand hat das Mittel in einem Wutanfall vernichtet", fährt Ebony fort. „Dieser Jemand war so dumm, dass er nicht warten konnte, ob es wirkt."

Lex will gerade etwas erwidern, als sich Bray zu Wort meldet: „Das war ich. Ich hab's getan." Er sieht Ebony lange an. „Ich dachte, es taugt nichts. Bist du jetzt zufrieden?"

Sie erwidert nichts, sondern nimmt Brays Lüge beeindruckt zur Kenntnis. Offensichtlich ist es gar nicht so leicht, einen Keil zwischen die Mall Rats zu treiben.

Noch ungläubiger ist allerdings der Blick, den Lex Bray zuwirft. Er kann nicht fassen, dass ausgerechnet Bray seinen Kopf gerettet hat. Er schaut Bray nach, wie der den Kontrollraum verlässt. Die Einzigen, die von alledem nichts mitbekommen haben, sind Dal und Jack. Sie versuchen immer noch, dem Computer den richtigen Befehl zu geben. Ihre Hoffnung ist, von ihm Antworten auf ihre vielen Fragen zu bekommen.

Mittlerweile ist es früher Abend geworden. Allmählich wird der Himmel dunkler. Bray hält sich immer noch auf der Wiese vor dem Observatorium auf, als Lex im Inneren des Bauwerks eine Erklärung abgibt.

„Der Zeitpunkt ist vielleicht etwas ungünstig für eine Erklärung. Es war echt cool, einer von den Mall Rats zu sein. Hat Spaß gemacht, aber … ich und Zandra haben nachgedacht, und wir werden uns morgen abseilen. Mal sehen, was auf der anderen Seite vom Berg los ist."

Betretenes Schweigen ist die erste Reaktion, immerhin haben die Mall Rats gemeinsam viel durchgemacht. Es wird komisch sein, in Zukunft auf Lex und Zandra verzichten zu müssen.

„Kann ich mitkommen?“, fragt KC plötzlich.

„Klar doch. Wir können einen Butler gut brauchen.“

KC verzieht enttäuscht die Mundwinkel, aber dann sieht er, dass Lex sarkastisch grinst. Die anderen reagieren nicht weiter auf die Ankündigung. Lediglich Amber steht auf und verlässt den Kontrollraum.

Draußen vor dem Observatorium findet sie Bray, der im Gras sitzt. Neben ihm liegt sein Rucksack.

„Bray?“, ruft sie, als sie ein paar Meter von ihm entfernt auf der Wiese steht. „Und was soll das? Wolltest du dich einfach so verdrücken?“, fragt sie, als er sich zu ihr umdreht.

„Ich wollte es uns nicht so schwer machen“, sagt er bedrückt.

„Ja, das ist doch wieder typisch für dich“, meint sie wütend. „Immer weglaufen, wenn es schwierig wird!“

„Wenn du mich so verachtest, Amber, warum stehst du dann jetzt da und redest mit mir?“

Sie sucht nach einer guten und vor allem unverfänglichen Antwort, als sich Lex einmischt, der ihr unbemerkt gefolgt ist.

„Weil sie verrückt nach dir ist“, ruft er. „Ist doch offensichtlich.“

„Halt du deinen Mund, ja?“, fährt Amber ihn wütend an. Sie kann es nicht leiden, dass Lex, Ebony oder wer auch immer sich in ihre Angelegenheiten mischt. „Das geht dich überhaupt nichts an!“

„Mag ja sein, aber ich habe mir von dir noch nie was vorschreiben lassen. Wieso also jetzt? Und wie kommst du darauf, dass er was mit Ebony hat? Das ist völliger Schwachsinn! Du liegst falsch. Du liegst so falsch, dass es fast schon ein Witz ist." Er sieht sie nachdenklich an, dann sagt er zu Bray: „Eigentlich solltest du sie jetzt küssen. Oder muss ich *das* auch noch machen?"

Lex blickt wieder zu Amber: „Wenn er mit Ebony abhauen wollte, warum kommt er dann zurück und rettet uns? Häh? Weil er dich liebt, Amber. Und du liebst ihn. Du weißt es, du musst es ihm nur noch sagen." Dann dreht er sich um und geht zurück ins Observatorium. So viel Pathos ist für Lex wirklich ungewöhnlich.

Amber und Bray sehen sich verlegen an, bis er sagt: „Also, früher hab ich nie auf ihn gehört."

„Ich auch nicht", erwidert Amber und bleibt einen Moment lang stehen. Dann geht sie auf Bray zu, der aufsteht und sie in seine Arme nimmt, um sie liebevoll und leidenschaftlich zu küssen. Vorsichtig fährt er durch ihre blonden Zöpfe.

„Kommst du wieder mit rein?", fragt sie nach einer Weile verlegen. „Lex, Zandra und KC wollen morgen in eine andere Richtung weiterziehen, und wenn ich die Reaktionen der anderen sehe, glaube ich, dass heute der letzte Abend ist, den wir gemeinsam als die Mall Rats verbringen."

Bray nickt und legt einen Arm leicht um ihre Schultern, während sie zum Eingang gehen.

„Leute, ich glaube, ich habe hier was!", ruft Jack gerade, als die beiden eben in den Kontrollraum zurückkehren.

Die Mall Rats werden unruhig und versammeln sich um den Monitor, vor dem Jack und Dal sitzen. „Was denn?", fragt Salene.

EAGLE MOUNTAIN SATELLITENKONTROLLSTATION, steht in leuchtend roten Buchstaben auf dem Bildschirm geschrieben.

„Satellit? Was für ein Satellit soll denn von hier aus kontrolliert werden?“, wundert sich Bray.

„Das wüsste ich auch gern“, gibt Jack zurück.

„Etwa ein bemannter, so wie ein Raumschiff?“

„Satelliten sind eigentlich unbemannt“, erklärt Jack. „Dann wäre das schon eher eine Raumstation. Aber der Punkt ist, dass etwas um die Erde fliegt und diese Station seinen Kurs verfolgt.“

„Na, dann zeig uns doch, wo der Satellit ist“, fordert Lex ihn auf. „Der Kasten soll uns den Satelliten suchen.“

„Das ist nicht so einfach, Lex“, erwidert Jack. „Das hier ist eine ganz spezielle Software. Ich kann mich nicht einfach an den Computer setzen und sagen: ‚Suche den Satelliten.‘

Jack hatte bislang keine Eingabe gemacht, und trotzdem wird genau in dem Moment die Beleuchtung im Kontrollraum gedämpft, ein tiefes Vibrieren lässt alles sanft erzittern. Dann beginnt sich die Kuppel des Observatoriums zu öffnen, und die gewaltige Antenne setzt sich in Bewegung, um den Sternenhimmel abzusuchen.

Auf dem Monitor tauchen endlose Zahlenkolonnen und Darstellungen von Kurven auf, bei denen es sich wohl um die Flugbahn von Satelliten handelt.

Dal starrt mit offenem Mund auf den Bildschirm. „Ich fasse es nicht. Der Computer reagiert auf Stimmen! Er fängt an zu suchen!“

Minuten verstreichen, in denen die Mall Rats gebannt darauf warten, was als Nächstes geschehen wird. Dann erscheint auf dem Monitor ein neuer Text: SUCHE ABGESCHLOSSEN. GEFUNDENE OBJEKTE: NULL.

„Was bedeutet das?", fragt Patsy vorsichtig.

„Was ist denn nun?", will Lex wissen.

„Entweder sind alle Satelliten ausgefallen, oder der Satellit, den diese Anlage hier gesucht hat, ist abgestürzt."

„Das war es dann?" Patsy macht sich keine Mühe, ihre Enttäuschung zu verbergen. Sie sind so weit gekommen, und jetzt soll doch alles vergebens gewesen sein?

Amber, die neben ihr steht, nimmt sie tröstend in den Arm – obwohl sie selbst Trost gebrauchen könnte. Die anderen stehen wie erstarrt da. Der letzte Funke Hoffnung ist erloschen.

„Was ...", setzt Cloe zu einer Frage an.

Ein Signalton reißt alle aus ihren düsteren Gedanken. Auf dem Monitor beginnt ein Lichtpunkt zu pulsieren, der sich langsam über das Koordinatennetz bewegt.

Aus den Lautsprechern, die im gesamten Kontrollraum verteilt sind, dringt ein seltsames Rauschen. Darauf folgend dröhnt eine Stimme durch die Anlage: „Achtung! Diese Nachricht ist eine Aufzeichnung. Wen auch immer diese Nachricht erreicht – Sie sind die einzige Hoffnung für die gesamte Menschheit. Hören Sie genau zu, was ich Ihnen jetzt sage ..."

Die Mall Rats sehen sich an. Als sie die Stimme hören, wissen sie, dass ihr Abenteuer noch längst nicht vorüber ist.

Ende Band 1

Hast du auch Probleme? Dann frag ...
Sabrina
total verhext!
It's magic!
Verflixtes Glück!
Band 8 Sabrina – Verflixtes Glück! ISBN 3-89748-504-4
Jetzt schlägts dreizehn!
Band 9 Sabrina – Jetzt schlägts dreizehn! ISBN 3-89748-612-1
Hokus-pokus Hund und Harvey
Band 7 Sabrina – Hokus-pokus, Hund und Harvey ISBN 3-89748-438-2
Magic Love
Band 6 Sabrina – Magic Love ISBN 3-89748-295-9
Sabrina macht Geschichte!
Band 5 Sabrina – Sabrina macht Geschichte! ISBN 3-89748-222-3
Gefährlicher Glitter
Band 4 Sabrina – Gefährlicher Glitter ISBN 3-89748-165-0
Band 1 Sabrina – Total verhext! ISBN 3-932268-32-6
Ausgetrickst!
Band 2 Sabrina – Ausgetrickst! ISBN 3-932268-85-7
Band 3 Sabrina – Hexe hin, Hexe her! ISBN 3-89748-145-6
© 1997, 2002 by Viacom Productions Inc. All rights reserved
An ihrem 16. Geburtstag erfährt Sabrina von ihren Tanten Zelda und Hilda, dass sie eine Hexe ist. Nachdem sie den ersten Schock überwunden hat, findet sie an ihren Kräften durchaus Gefallen. Leider klappt die neuerlernte Kunst des Hexens nicht immer ganz richtig, und dann läuft einiges schief.
Überall, wo's Bücher gibt!
Oder bestellen: Dino-Leserservice, Greutterstr. 21, 70499 Stuttgart, Fax 0711/838 8621. Jeder Roman € 8,95 (D) (zzgl. Versandkosten)
Dino entertainment
www.DinoAG.de
Total verhexter Zauberspaß, der nicht im Fernsehen gezeigt wird!!!

In der Reihe „The Tribe“ sind bisher erschienen:
Band 1: Schöne neue Welt
Band 2: Zwischen Hoffen und Bangen

Dino